七十句
八十八句

maruya saiichi
丸谷才一

講談社文芸文庫

目次

七十句／八十八句

七十句

春

りんりんと水音たかし春の坂

仮縫で二三歩あるく春着かな

紅白のうめ奢りなる小家かな

紅梅や顔みな違ふ羅漢たち

この家の雛おほきくて昔顔

チワワのチビトンを弔ふ

春昼やどこにかくれし座敷犬

永き日や車内のひげの品さだめ

待花や西行坊がぬるごたつ

東へと十日追うての花づかれ

囀るやゆく水はやき川の端

見送りて目薬をさす帰雁かな

闇に置けば呪文つぶやく蜆かな

藁しべで契るあはれの目刺かな

蛇の出た穴大きくて武蔵ぶり

新刊のきらきらしさや今年蛇

電光ニュースにて「今日は啄木忌」と知り、
あの真下へゆくまで一句と思ひ立ちて

困つてはじつと手を見る啄木忌

夏

加賀山中温泉

裏山の格をあげるや夏の月

新潟古町にて

兄いもと違ふ解き方笹団子

昼飯に鮎三匹の長者ぶり

ところてんあの国宝の瀧おもふ

あぢさゐを提げて家移り坂の下

桜桃の茎をしをりに文庫本

テムズ河畔のパブにて

ぬか色の羽根ひろげてよ孔雀の子

ずんずんと鼻毛の伸びる梅雨かな

犬たちも頭かゆかろ梅雨のまち

読みさしの恋おろかしや熱帯夜

神保町喫茶店所見

ばさばさと股間につかふ扇かな

薄墨となりてとまりぬ扇風機

西湖のホテルにて

白幘の花のかたちにしぼられし

秋

恵比寿ガーデンプレイス
秋立つや樹を植ゑて街あたらしき

八月二十七日銀座菊ずしにて
かくて又こはだの新子誕生日

昭和五十六年八月二十七日
五十六年前もこんなか蟬しぐれ

肩にかつぐコスモスあれな歩道橋

和田誠さん菊池寛賞受賞
モンローの祝電が来る花野かな

のろのろのゴキブリ仆す夜長かな

野坂昭如さんに米の発句よめと言はれて

長き夜をまづまぎらすや握り飯

オクスフォードの旅宿にて

長き夜をかたみに聞かすいびき哉

八百屋の大将が今日からは福島になりますと言ふ

枝豆が白河越えて秋深し

細道の旅に「山中や菊は手折らで湯の匂ひ」と吟じたまひし三百年の後その山中にて歌仙巻くとて

翁よりみな年かさや菊の宿

夕もみぢからはじまりし宴かな

春日野、九重などと

歌ことばなぜかせつなや年寄名

書評委員会の写真を送られて

本を持つ案山子もひとつ作らばや

酒場にて

十月は袂であふぐ銀座かな

礼状に

とち餅や十五までゐた城下町

礼状に添へて

半ぜんは茶づけに加賀の今年米

冬

海までは枯野ばかりや鳥のみち

しぐるるやだらだら坂の黒光り

拝復と書くまで長きふところ手

高島俊男さん「水滸伝と日本人」受賞

もろこしの豪傑気取るどてら哉

荒海の盥舟めく柚子湯かな

「どこ吹く風」といふわがコラム六年目に入る
赤城颪どこ吹く風で忠次古稀

買つて来いスパイ小説風邪薬

妻に
色つぽく眠るあのやま名は月山

「樹影譚」仏訳刊行
樹の影のいよよ濃くなる師走かな

恵比寿にて
餅つきの杵をよけるや坂の道

小堀甚九郎さんに
初雪はまだか鶴来の鯉の庭

風花やたふとく見ゆる寺の庭

郷愁
雪あかり家にみなぎる夜ふけかな

雨傘の青たづさへむ雪もよひ

卵打つ音たけだけし雪の朝

五列目にて芝居を見て

討入やいろはにほまで雪の中

新年

初電話

雪の足りぬ正月なりと母は言ふ

去年今年読みつづけたり盛衰記

変若水《をちみづ》を含みて入歯はづしたる

五年前まではさへぎるものなかりしを

初富士の見えずなりしを口にせず

三ケ日いばりくらすや睨み鯛

枕もとに本積めばこれ宝船

猿の本読むやななめに寝正月

中年年頭

仕事はじめまづやや深く爪切りて

寅年元旦

虎は野にぞろぞろ放て年賀状

七十句あとがき

人生で最初に覚えた発句は何だつたらう。そんなことわかるもんか、と言ふ人も多いかもしれないが、わたしの場合はわかる。生れ育つた鶴岡の町は、芭蕉が例の長旅のとき立ち寄つたことを自慢にしてゐて、小学生にも教へた。それでたしか二年生のとき、先生が平假名だけで黒板に書いたなかの、

語られぬ湯殿に濡らす袂かな
めづらしや山を出羽の初茄子

の二句をおもしろいと思つたのだ。

湯殿山の句は、風呂をかきまはすとき袂を押へてなくて濡れるわけだ、と考へて喜んだ。茄子の句は、特産の小ぶりな茄子を詠んだと教はつたが、そのことには関心が

なく、むしろ、出羽といふ国名を勝手にイデハに変へる御都合主義が子供ごころにもをかしかつた。

初めて覚えた句が芭蕉の作といふのはちよつと威張りたくなるが、残念なことに、どちらも褒める人のすくない句である。駄句だといふ人もある。しかしわたしとしては愛着があるし、当然、何か理屈がつけたくなる。それは別にむづかしいことではない。たとへば湯殿の句はエロチックで、その気配が子供ながらも察しられたのであらう、とか、掛け詞に興味を感じたのは近代日本文学への反抗の前兆かもしれない、とか。もちろんそんなはずはない。ごく幼稚なおもしろがり方だつた。

父は句を作らなかつた。ただし俳句といふ言葉は決して使はず、いつも発句と言つた。それでわたしもさう言ふ。これは父から受けた、ただ一つの文学的影響である。

中学生のころ、現代俳句に熱中した。三冊本の作者別アンソロジーがあつて、これをくりかへし読んだ。特にいいと思つたのは楸邨と波郷。この好みはわれながら恰好がついてゐると思ふ。高等学校では、医大にゐる先輩たちに連れられて句会に出てみたが、いまにして思へば現代俳句と古俳諧のあひだを右往左往して困つてゐたらしい。つまりこの困り方が楸邨と波郷に学んだものだつたわけか。

そののちずいぶん御無沙汰してゐたのが、中年にして安東流火さんから連句の手ほどきを受け、夷齋先生にねだつて玩亭といふ号をつけていただき、大岡信さんを宗匠格にして歌仙に興じるやうになつた。ときどき発句が口をついて出るのも自然の成行きだらう。それは前衛にあらず月並にあらず、誠よりは風懐を重んじ、齷齪《あくせく》と美を求めずして滑稽に遊ぶ志のもの。巧拙はもちろん気になるが所詮は小説家の余技、あまり上手なのも如何なものかと言ひわけはかねて用意してある。まさか、最初に覚えた句が悪かつたなどとは言はないにしても。

このたび七十歳を迎へるに当り、齢の数だけの句を拾つて知友に配らうと思ひ立つた。選句の大岡信さん、装釘と絵の和田誠さん、編集の宗田安正さんのおかげで、こんなに贅沢にみづから祝ふことのしあはせを思ふ。多謝。

一九九五年六月一日　目黒さんま坂の寓居にて

丸谷才一

八十八句

雪月花のときに思へやいろは歌

春

祝新古今

ほのぼのと春こそ空に八百年

佐保姫もこんなずんどう酒のびん

夢のなかの居酒屋にて見知らぬ人にわが著書を差出され、
猫の句をと求められて苦吟の果てに

吾輩も恋にやつれる春二月

白魚にあはせて燗をぬるうせよ

妻は老人ホームにあり

男手で内裏かざるや二年ぶり

やや威儀をただす晩酌ひなの前

木の花のあはれくらべの弥生かな

酔筆の字の大きさや春燈下

金沢にて癌を告知されて帰京し、仕事場に入りて

生きたしと一瞬おもふ春燈下

病中の乱筆ゆるせ春燈下

犬どもに礼ある花の大路かな

ひとり酒黙つて花の向き直す

替上着によく似合ふもの花見団子

桃いろと緑と黒や花見団子

ストリップを見物して

紐のやう儚きものはバタフライ

蹣《マン》跚《サン》と帰るや蜂の晝さがり

行春や街にして森ロンドンは

行春や息ととのへて坂のうへ

夏

ワイシャツ券を贈る手紙に添へて

衣がへシャツもふどしも新しう

空豆のあつあつを待つ夕ごころ

病院の豆飯うまき日もありて

あぢさゐや影わだかまり花となる

梅雨ざむの仔象は鼻で傘さすか

五月闇いろに墨すれ客発句

大鯰そねむなひがむな暴れるな

地震の災害はなはだし

かたつむり耳を澄ませば啼くごとし

桑の実の枝ひなぶりに生けてみむ

さくらんぼ茎をしばらく持つてゐる

山桃やほろにが色に爪染めて

軽井沢も暑いと聞いて満足す
電話

白服のたそがれ顔やジョイス像
バウカー『ジェイムズ・ジョイス　新しい伝記』到来

犬のへそ狙ふ雷《ライ》などなきものを
神鳴を怖がる座敷犬なりしとなつかしみて

風通りよきをよく知る犬なりし

空ひろき国は近江のうすれ虹

引出しのくらがりにありし扇かな

なぞなぞに動きのとまる扇子かな

団扇には川を一すぢ描いてくれ

念入りに描かれては団扇こまります

掛川、吉行淳之介文学館にて
涼しさや愛されるのも一仕事

さる女人の訃報を風のたよりに知りて
籠枕ならべることはなかりけり

ところてん定女《サダジョ》の恋の話など

うちのミネラル・ウォーターは「月山ブナの水音」という銘柄
月山の水に泳げや冷奴

腕まくりして上機嫌冷奴

母はなほ三十路なりけり晝寝覚

身はいまだ前《サキ》生《シヨウ》にあり晝寝覚

北京　六月

空耳かあらず大路の蟬しぐれ

幻聴として蟬聴くや朝七時

うろ〳〵と眼鏡をさがす大暑かな

なまぬるの町に出てゆく大暑かな

吉田健一の文体を真似て
この新じやがは新じやがの味がするのであつて

秋

毎日新聞書評欄の本を見る会、七月七日

文月や星に貸すべき書を選ぶ

笹竹や犬飼ひたしと幼き筆蹟《テ》

アジアでは星も恋する天の川

北の果ての人魚は見るか天の川

あふぎ置くことも思はず誕生日

大ぶりの忘れ扇のあはれかな

誕生日のお花をうれしく拝受、一句

訪ひくればば蟬しぐれなりし昔むかし

八十一歳になつた日

みん〳〵に囲まれ坂をおりてゆく

二〇一二年八月二十七日、八十七歳となる

誕生日はだかで祝ふ夜の秋

秋きたる九月二十三日夜のこと

浜松の小料理屋にて

旧暦でものいふ店の夜長かな

長夜ひとりぽつねんと酒の稽古する

『後鳥羽院　第二版』を人に送る

長夜　島の波がしらさかなとす

胆管をわづらひてのち一日五食

晩飯のあとにもう一食がある夜長

言ひわけのながながし夜の手紙書く

蛇は穴に人は夜長の千一夜

机の上もういちど拭く夜長かな

ページ切るそして酒飲む夜学かな

露の世や前世のごとく思ひ出す

月見よとかけたる橋の長さかな

枝豆の跳ねてかくれし忍者ぶり

こんにやくが恋しくなりぬ天高し

天高く上目づかひの仏たち

天たかく侍《サムラヒ》つよし子供の絵

『持ち重りする薔薇の花』の刊行直後、さる四重奏団のコンサート会場でこの書にサインを求められて

持ちかへて心あらたや秋の薔薇

生はむで桃を包むや晝の酒

無花果と白桃と鶏肉のサラダを作りながら
いちじくはしあはせな花たべられる

家政婦の与倉さんは奄美大島の人なり
苦瓜の本場の苦さ自慢する

冬

ふるさと富士北から順に眠りだす

屏風《懐郷》もて塞《フタ》げどもなほ雪あかり

重ね着の色なげやりの傘寿かな

役者絵の甘い彩り暦売り

大いなるマスクの言葉ききとれず

新年

衛星放送のマゼール指揮ヨハン・シュトラウスを聴きて

正月や肉鳥魚ウィーン・フィル

正月や猪《キ》名《ナ》はいづこの歌まくら

ぼうとすることがしきたりお元日

賀春

百名山のこらず雪となりにけり

家猫がモデルなるらし年賀状

龍のひげ収まりきらず初屛風

初暦の下に残さん古暦

初暦ちよつとかしぐも目黒ぶり

それぞれにふくれ癖あり年の餅

焦げ目まで褒められてゐる雑煮かな

都路を春着くらべや犬の年

君がためといくたびもいふ歌かるた

しんしんと雪降るなかの歌かるた

みづうみも不二も大ぶり絵双六

けむり吐く不二もめでたや絵双六

仕事はじめまづ再版のしらせあり

シャワー浴び頭洗ひて初湯とす

三ケ日ゐて飛び立ちぬ旅の龍

初歌仙蓬莱山の話など

新古今八百年まつる寝正月

八十八句あとがき

七十になつたとき、句集『七十句』を出したのに、八十のときは怠つた。発句がたまつてゐなかつたせいもある。

今度『七十句』以後の作をまとめて出してもらふことにしたが、句数は題と揃へてあるわけではない。いい加減である。これも俳味と受取つてもらへると嬉しい。

撰をしてくれた長谷川櫂さん、装釘の和田誠さん、編集してくれた宗田安正さんに感謝する。

二〇一二年八月

丸谷才一

歌仙

玩亭　丸谷才一
乙三　岡野弘彦
櫂　長谷川櫂

大河の水の巻

二〇一一年二月二十七日

【初折の表】

河馬あそぶ大河の水も温みけん　　擢
趣向きそはん四月一日　　玩亭
春の山火をふく上を飛び越えて　　乙三
あつといふ間にさめるよき夢　　擢
月明と監視カメラのせいなりし　　玩
猿のうのうと爺の芋畑　　乙

【初折の裏】

蚯蚓なく村の宝の朱印状　櫂
庵にひそむ恋《こひ》歌《か》の名手　玩
つぶやきのメールあはれや職もなき　乙
ゴーンとひびく夕暮の鐘　櫂
上方のやくざはさすが着道楽　玩
産のやつれのすけるうすもの　乙
十六夜の月のひかりのあでやかに　櫂
忘れ扇のやれをつくろふ　玩
師の齢はた年すぎて魂まつり　乙
松高々と海ありて山　櫂
日本橋木屋の鋏で花の枝　玩
ものの音さゆるかげろふの庭　乙

二〇一一年四月十二日

【名残の表】

あかつきの余震もしらず朝寝して　耀
ころげ落ちたる孔《く》子《じ》踏みつける　玩
漢詩より和泉式部の歌がすき　乙
ストロー二本さしかはす恋　耀
近めがねはづして雪の気配きく　玩
冬田の道にせまる夕闇　乙
老酒の甕たぷたぷと驢馬の背に　耀
鬚と啖呵で頭目となる　玩
洗足の宿《しゅく》の女のほつれ髪　乙
こよひ出て鳴く石のこほろぎ　耀

川の香の強きがつづく夜々の月　乙　玩
相撲の沙汰も絶えてさびしき

【名残の裏】

檜もて湯舟を丸く造らせん　櫂
裸ん坊をほめるやんやんやと　玩
あどけなく母をいたはる五つの子　乙
紙の雛《ひひな》を流す河原　櫂
十代も還暦すぎも花見顔　玩
地摩りの藤のほろほろと散る　乙

大鯰の巻

二〇一一年五月三十一日

【初折の表】

大鯰そねむなひがむな暴れるな　玩亭

雷《らい》はためきてゆらぐ天地《あめつち》　乙三

万年のはかりごととて国造り　櫂

ここしばらくは政局でゆく　玩

成りいづるおのころ島を照らす月　乙

塩の凝れる皿の枝豆　櫂

【初折の裏】

長き夜を忍者の群れとつきあつて　玩
　をとめを恋ふる壁ぬけの術　乙
待ち伏せて狸を落とす爺と婆　櫂
　コンと狐が鳴く村はづれ　玩
山伏の因果咄におぞけだち　乙
　はたと消えたる風の灯　櫂
めいめいの杯に月ありやなし　玩
　君は南溟吾《あ》は胡沙の秋　乙
週末は茘枝のうまきリゾート地　櫂
　家代々の藝は色じかけ　玩
六條の院の花みなあはれ濃く　乙
　ああ黄金の霞たなびく　櫂

【名残の表】

行春の喫煙所にてガム嚙めば　玩
老いの入歯の急にはづるる　乙
十八のころは小町といはれしも　櫂
恋の百態演じたるのみ　玩
それぞれに女歌舞伎の一座ちる　乙
このごろはやる邪教の詮議　櫂
カステラの下に小判の御進物　玩
鳶が一気に空かけくだる　乙
稲村の岬のみゆるイタリアン　櫂
スイスの月は文字盤のやう　玩

二〇一一年七月十二日

盛りあぐる供物の團子萩すすき　乙
龍田の姫をまつる山里　櫂

【名残の裏】

ひさびさに百首歌詠め年而立　玩
熊野詣での伴つかまつる　乙
新しき檜の笠の香りたつ　櫂
雛の顔ほめ宿銭とする　玩
杖ついて花見にゆかむうらの山　乙
腰にさげたる酒は春風　櫂

迦陵頻伽の巻

二〇一一年九月十五日

【初折の表】

月こよひ迦陵頻伽を舞ふをとめ　三

きのふは村の稲刈り終へて　乙櫂

夜さむさをたまものとして読みふける　玩亭

末摘花の顔おぼおぼし　乙

もうもうと一番風呂の湯気ゆたか　櫂

使つたせいか頭かゆしや　玩

【初折の裏】

鬢《びん》の毛のすずしくありしビンラディン　乙
獅子の骸にたかるハイエナ　櫂
廃業ののち大物と認められ　玩
那須野にひらく大根の畑　乙
珊瑚咲く海の島より来たる嫁　櫂
姑《しうと》にあはせ韓流びいき　玩
百済びと始めし村の塔古りて　乙
月の光に仏ほゝゑむ　櫂
枝豆と絵ろうそくとが名産で　玩
さやかにゆらぐ神のみあかし　乙
笹を手に歩くは女もの狂ひ　櫂
薄情をとこ花だよりせよ　玩

二〇一一年十月二十五日

【名残の表】

この春は都踊りにつれだちて　乙
祝ひの酒とはやす田楽　櫂
仇討の成就めでたく旧《もと》の祿　玩
父の遺愛の馬をいたはる　乙
夏あざみ娘ごころを人知るや　櫂
口すはれればからだ濡れゆく　玩
ナデシコの選手も装ふ園遊会　乙
蕎麦の屋台の前に行列　櫂
月見団子の串みじかきを哀れみて　玩
棚田を落つる水の絶えだえ　乙

猪を出会ひがしらに仕留めしと　櫂
手柄話に孫懐疑的　玩

【名残の裏】

曾《ひい》祖《ぢ》父《ぢ》がふぐりをあぶる里神楽　乙
どゞろどゞろと八岐大蛇　櫂
焼酎のおかげでしたとスサノヲ談　玩
春の出雲に娘《こ》をとつがせし　乙
はらはらと花びらかかる白《しら》魚《を》舟《ぶね》　櫂
山が莞爾と笑ふ大景　玩

夜といふ旅人の巻

二〇一一年十一月十五日

【初折の表】

夜といふ旅人とゐて秋深き　櫂
車の屋根に落ちる何の実　玩亭
ひたひたと月の入江に潮みちて　乙三
二尺の鯛を塩蒸にせん　櫂
還暦の杜氏と酒を汲みかはす　玩
つるりとすべる額《ぬか》の鉢巻　乙

【初折の裏】

霊験のちよつと怪しい招き猫　櫂

　道をたづねて煙草買はない　玩

迷ひ入る冬枯れ山にゆきくれて　乙

　長考のまだつづく恋の句　櫂

むねの火をいづくの岳にたとへんや　玩

　おもひおもひになびく秋草　乙

大悟して自由自在の月のぼる　櫂

　虫いつせいにすだく前栽《せんざい》　玩

身ふるひて神がかりゆく梓巫《み》女《こ》　乙

　一雨に立つ蕨《わらび》薇《ぜんまい》　櫂

初恋の年きそひあふ花の宴　玩

　装ひりゝしく春駒に乗る　乙

二〇一一年十二月

【名残の表】

波白き駿河の国の道遠く　櫂
撮るも撮らるも相好くづす　玩
信玄の金《きん》掘りあてし歳のくれ　乙
ポチの写真が新聞のトップ　櫂
人間で言へば傘寿と祝はれて　玩
西の浄土に舟こぎいだす　乙
ものすごき蓮華とひらく大夕焼　櫂
色鉛筆の百色つかふ　玩
ダイバーにみちびかれゆく珊瑚の海　乙
人魚の眠る砂の冷やか　櫂

樹を伐るな新月のころといふ口伝　玩

天狗倒しのとよむ秋山　乙

【名残の裏】

割箸の香りてすゝるせいろ蕎麦　櫂

この稼業には東京は無理　玩

大山の豆腐料理のなつかしき　乙

瓜坊どものあそぶ若草　櫂

昨日けふ神馬のいさむ花の庭　玩

霞めるままに暮るる山脈《やまなみ》　乙

ずたずたの心の巻

二〇二二年二月二日～九月十九日

【初折の表】

ずたずたの心で春を惜しみけり　　櫂
敢へて飾るか旧暦の雛　　玩亭
流しやる潮路のはても霞むらん　　乙三
黒木の御所に歌草を選る　　櫂
山の端の月のしろがね錆びもよし　　玩
憂ひほのかな古酒の醒めぎは　　乙

【初折の裏】

目の前にはらりと落ちて桐一葉　櫂
　ノッポ赤門四十初恋　玩
道鏡に似たる男に身をつくし　乙
　これはこれはと誉める大根　櫂
襲名で祖父《ぢぢい》ゆづりの芸見せて　玩
　母は涙のお百度を踏む　乙
面影の白き芙蓉のひらくとき　櫂
　列島それてどこへ颱風　玩
ほれぼれと月下の海に漕ぎいでて　乙
　三《さん》線《しん》鳴らし嘯くは誰　櫂
帯とけばたちまち落つる花衣　玩
　野は深閑とあをき草萌え　乙

【名残の表】

佐保姫が金の産毛をそよがせて　櫂
　山に御祝儀わたしたくなる　玩
剃りあげて稚児のつむりの涼しさよ　乙
　けさ届きたる安南の壺　櫂
豪勢な月見座敷の新畳《あらだたみ》　玩
　妻が病む日は山に葛掘る　乙
一枝の楓紅葉を手土産に　櫂
　大統領に誰がならうと　玩
黒船をまねた電車の走る町　乙
　ぎよつと驚く牛の白骨　櫂
地蔵尊焚火に遠く立ち給ふ　玩

賽銭借りて四国旅ゆく　乙

【名残の裏】

草深き家を覗けば饂飩うつ　櫂
出世頭の叔父の好物　玩
別荘の十八ホール富士に向く　乙
土竜かほ出す菫たんぽぽ　櫂
対岸の人なつかしき花の河　玩
日永たつぷり酒くみ交す　乙

対談　丸谷さんと俳句

岡野弘彦
長谷川櫂

長谷川　丸谷才一さんの句集『七十句』は大岡信さんの選句、和田誠さんの装幀で、丸谷さんの古希の記念に立風書房から刊行されました。そのあと傘寿の記念に『八十句』を出そうと計画されたんだけど実現せず、米寿記念に『八十八句』を出そうという話になりました。しかしその時、丸谷さんはすでに死を宣告されていたので、僕が選句をやることになりました。『八十八句』は丸谷さんの没後、全集の付録として文藝春秋から出版されました。

丸谷さんはいつも、俳句を作る時はとても楽しそうでしたね。小説は本業だからいろいろご苦労なさるところもあったと思いますが、俳句のほうは本当に楽しんで作っておられた。思わずニヤッとするような人の心の機微を卓抜にすくい取る句をたくさん詠まれました。

岡野　僕は丸谷さんに生前に墓碑銘を書くことを頼まれたのですが、表が俳号の「玩亭墓」だけなんですよ。びっくりしました。ここまで丸谷さんは俳句に徹していたのかと。

長谷川　つまり、丸谷さんは小説家としてというより、俳人あるいは歌仙の連衆の一人として最期を迎えたかったということだろうと思うんです。丸谷さんの本業はもちろん小説家ですが、小説という日本の近代文学の形式に対しては批判的なところがありました。自然主義が持ち込まれる前の日本の文学、特に西鶴や馬琴などの江戸文学に一種ヨーロッパ文学に通じるような市民性、明るさのようなものを感じていて、俳句は江戸文学の象徴であるというふうに多分捉えておられた。

岡野　おっしゃる通りだと思います。お墓の裏には『七十句』から一句、「ばさばさと股間につかふ扇かな」を引いて、それを僕が書で書きました。

長谷川　一九七〇年、詩人の安東次男さんが大岡信さんと丸谷さんという、当時の若手の二人に歌仙を巻こうと声をかけて、歌仙の会が始まりました。安東さんの没後に岡野さんが入られ、大岡さんが体調を崩されて僕が入って、丸谷さんが亡くなって三浦雅士さんが加わり、今も月一回の頻度で続いています。あと数年で半世紀になるんですね。

岡野　そうですね。当時も今も、赤坂の「三平」という蕎麦屋が会場なので、「三平歌仙」と呼んでいます。

長谷川　丸谷さん、岡野さんと僕の三人で五巻の歌仙を巻きましたが、丸谷さんは小説家、岡野さんは歌人、僕は俳句の人間なので、それぞれ句の風合いが微妙に違って面白いですね。

岡野　共同制作というあのスタイルは、大岡さんの知り合いの外国の文学者たちも惹かれたそうです。五七五と七七という短い語数で繋いでいくというのは、やっぱり日本独特の形式ですね。

長谷川　外国の詩は密室で一人で作りますから、そういう意味では、密室の文学である日本の近代文学と同じですね。さらに、歌仙は一句一句詠むたびにそれぞれ主体を変えていかなくちゃいけない。主体が変わるということは、この句ではある人になって、次の句では別の人になる。ある時は恋する女で、ある時は町をうろつく浮浪者で、そういうふうに自分を変えて詠んでいく。これも共同作業だからできることだと思います。たとえば毎回、長谷川櫂という個人で詠んでいたら、自分の生活範囲のなかだけでの句になって、歌仙はたちまち停滞してしまいますが、男になったり女になったりおじいさんになったり子供になったりしながら詠んでいくので、開放感があって楽しいんじゃないかと思います。

岡野　今はだいぶ自在になってきましたけど、中古・中世の連歌の形は五十句、百句と長く続けて、膨大な約束ごとがありました。その約束を非常に単純にして、歌仙という三十六句の形にしてくれたのが芭蕉です。

長谷川　あんまりルールに縛られてやっていると窮屈だし、そのルールがあんまり細かくなりすぎたせいで歌仙が衰えてきたということも現実としてありますしね。「三平歌仙」においては、ルールは「花の座」、「月の座」、「恋の句」だけと言ってもいい。一応、その場所は決まってはいますが、それも自在に動かしながらやっていくという感じですね。発句は巻かれた時の季節にしますが、季節の句ばかりが並ぶと、どうしても自然に傾きがちで面白みが薄れるので、できるだけ雑《ぞう》（無季の句）を入れて、人間の世界を描くようにします。丸谷さんはまさに、雑の詠み方で力量を発揮される方でしたね。

岡野　僕はどうも神祇、釈教の句は、今も捨てきれない気持ちが残っています。

大河の水の巻

河馬あそぶ大河の水も温みけん　　　櫂

長谷川　僕が初めて「三平歌仙」に参加した時の発句です。大岡さんの代わりに出てこい、しかも捌きをやれという話がありまして、恐る恐る出かけていきました。河馬が遊んでいる大河、ナイル川の水も温んだことだろうから、という句で、実は丸谷さんと岡野さんのことを河馬と呼んでいます。「三平」の水も温んでるみたいだから一緒に水浴びでもしましょうか、っていう挨拶の句なんです。その場でそういうことは説明しませんけれども。

岡野　それは初めて聞きました。河馬に見立てられてたんですね。

趣向きそはん四月一日　　玩亭

長谷川　丸谷さんが脇を付けられて、エイプリルフールを持ってきました。それぞれ虚の趣向を競おうと言っているわけで、つまり反自然主義です。歌仙なんて一句一句主体も入れ替わるわけだから、全部嘘なんです。嘘こそが実は真実、その人になり代わってその人の心情を詠むわけで、ホラを吹きながらやっていこう、という丸谷さんの脇です。

春の山火をふく上を飛び越えて　　乙三

岡野　僕の家からは海をへだてて正面に伊豆大島が見えまして、今から三十年ぐらい前ですか、三原山が噴火した。三原山の高さは約八百メートルですが、その上へさらに八百メートルぐらい火が噴き上げ、それが実に綺麗だったんです。本当に透き通った赤さで、地球のはらわたは綺麗だなと思いました。翌々日になると溶岩が流れ出してその先々に火事が起こって全島民が避難し、美しいなんて言っていられなくなりましたが、その上を東京発着の飛行機が悠々と飛んでいたのが、印象に残っています。

あつといふ間にさめるよき夢　櫂

長谷川　夢で空中浮遊をして、火の噴く山の上を飛んだ夢を見た、というのが僕の付けです。

月明と監視カメラのせいなりし　玩

長谷川　それに対する丸谷さんの付けは、夢が覚める理由です。月があかあかと照り、監視カメラまである。街中にいろんな監視カメラがつけられるようになって、おちおち夢も見てられない、と。

猿のうのうと爺の芋畑　乙

岡野　丸谷さんの付けがいかにも現代風、小説家的なので、ここはひとつクラシックでいこうと。猿が爺の芋畑を荒らすので監視カメラを付けてみたけど、猿は監視カメラなんか気にしないから、あまり効果がないわけです。

長谷川　ここで表六句が終わり、裏へ入ります。

蚯蚓なく村の宝の朱印状　　櫂

長谷川　おじいさんの芋畑を猿が荒らす、そんな村に実はむかしむかし、秀吉からもらった朱印状がお宝として神社に保管されている、フィクションの世界です。「蚯蚓なく」は秋の季語で、蚯蚓の声が聞こえそうなほどしんとしているということです。

庵にひそむ恋歌《こひか》の名手　　玩

長谷川　その村に庵があって、そこで誰かが隠遁生活を送っている。その隠遁者は恋歌の名手であるという句です。

岡野　丸谷さんの句はやっぱりどこか小説的ですね。少し早いけどどこで「恋」が出てきました。普通、「恋」は一句では捨てないんですね。ただ、僕この時おそらく丸谷さんの期待しておられたような華やかな展開がきかなくて、ちょっと先すぼまりのしょぼんとした句を付けた。

つぶやきのメールあはれや職もなき　乙

長谷川　丸谷さんとしては次が岡野さんだから妖艶な恋の歌が来るのを期待して、「恋」を誘い水として出したんですよね。

岡野　だからきっと丸谷さんは「期待を裏切ったな」って思ったでしょうね。

長谷川　恋をしない現代の若者、という意味もありそうです。

ゴーンとひびく夕暮の鐘　　櫂

長谷川　そういう哀れな若い男が出てきたので、そこにゴーンと鐘が鳴るわけです。これは一種の「遣り句」、流す句ですから、ここからはどう転じてもいいんですよね。

上方のやくざはさすが着道楽　　玩

岡野　やくざと着道楽、っていうのはいいですね。
長谷川　実に丸谷さんらしい。京都あたりを思わせるようなやくざの姿が出てきます。

産のやつれのすけるうすもの　　乙

岡野　産後のやつれが薄物の上から透けて見えるという句ですが、ちょっと思い切って詠んでいないですね。少し抑えています。

長谷川　でも妖艶な感じです。お産を終えてちょっとやつれている女性の肌が、薄い着物から透けて見えている感じ。

岡野　薄物の色気がある。

長谷川　このあたりに恋の気配が出てくるわけですね。

十六夜の月のひかりのあでやかに　　櫂

長谷川　薄物に十六夜の光が差しているという、月の句です。

岡野　いい句を付けてくださいました。僕の句のさびしい気分が、華やいだ感じになりました。

忘れ扇のやれをつくろふ　　玩

長谷川　古典的な感じの句なので、丸谷さんはそれを受けてくださっています。「忘れ扇」とは秋になって使わなくなった扇のことを言いますが、それが破けていて、そこを繕っている人の姿ですね。

師の齢はた年すぎて魂まつり　乙

岡野　僕の師である折口信夫先生が亡くなってから毎年、能登の魂祭に出かけていくのですが、先生は六十代で亡くなったのに対し、僕はすでにこの時八十代になっている。師の齢を二十年も過ぎて魂祭をやっている、という句です。

長谷川　魂祭ってお盆のことですよね。こういう、地の岡野弘彦で詠まれた句が、ところどころ紛れ込んでくる。

松高々と海ありて山　櫂

長谷川　折口信夫の墓が能登にあると聞いていたので、あのあたりの景色を思いうかべて詠みました。松林がずっとあって海が青々と広がっていて、でも日本海だからちょっと寂しい感じの青で……そういう景色ですね。折口信夫の最初の歌集『海やまのあひだ』を、ここに切り入れているわけです。ところがこれを見た丸谷さんは、不満そうに「古典的だな」と言って、しばらく考えて、

日本橋木屋の鋏で花の枝　玩

「古典的」というより銭湯の壁のペンキ絵のような感じ、という意味だったと思うんですが、そこから日本橋の刃物屋の鋏で花の枝を剪定している植木屋さんかご隠居さん、という感じの句です。

ものの音さゆるかげろふの庭　乙

岡野　植木屋さんが枝を切っている、その音を取り上げたわけです。春だから「かげろふ

の庭」と。

あかつきの余震もしらず朝寝して　　櫂

長谷川　ここから、名残の表に入ります。そういう静かな庭なんだけれども、明け方に余震があった。だけどそれも知らないぐらいにぐっすりと朝寝を続けているという、一種健やかな姿ですね。ちょうど東日本大震災の一ヵ月後に巻いた歌仙です。

ころげ落ちたる孔子《くじ》踏みつける　　玩

岡野　地震で孔子の像が転がり落ちたんでしょうね。

長谷川　人の動作の描き方が活き活きとしてうまいですよね、丸谷さんは。

漢詩より和泉式部の歌がすき　　乙

長谷川　孔子が出てきましたから、漢詩ですね。

岡野　和泉式部さんにちょっと華やかにしていただこうと思って。

ストロー二本さしかはす恋　　櫂

長谷川　そこで、二人でクリームソーダか何かにストローを差し交わす。恋の暗示です。

近めがねはづして雪の気配きく　　玩

長谷川　丸谷さんは雪国である山形の人だから、こういう感じがよくわかっているなと思います。雪が降り始めそうな時の、なんとなくしんとした感じに耳を澄ましている、という句ですね。

岡野　丸谷さんも僕も親しくしていて、のちに国学院の学長になる佐藤謙三さんという方が度の強い眼鏡をかけていて、時につるを片っぽ外して口にくわえてほーっと雪景色を見ていたりする動作が印象的でした。「近めがねはづして」ってそういう動作だろうと思います。

長谷川　室生犀星、あるいは棟方志功みたいな黒縁の眼鏡のイメージですね。長火鉢に肘でもつきながら雪の気配を聞いてるような。いずれにしても雪国の人で、雪国の人はよく勉強するから眼鏡をかけているのかな。妙に印象深い句です。

冬田の道にせまる夕闇　乙

岡野　書物に関連する場所から離れて、冬の野良のわびしい夕闇に持っていきました。

老酒の甕たぷたぷと驢馬の背に　櫂

長谷川　誰も通らないようなその道を中国に見立てて、老酒の甕を驢馬の背に積んで運んでいく人の姿を夕闇のなかに出してみました。

鬚と咳呵で頭目となる　　玩

長谷川　頭目というのは盗賊でしょうね？

岡野　そうでしょうね。親分ですから。

長谷川　三国志なんかに出てきそうな、鬚をたくわえていて威勢よく啖呵を切ることで頭目になった人の姿ですね。

洗足の宿《しゅく》の女のほつれ髪　　乙

岡野　そういう頭目が宿屋に入る。そこで、ほつれ髪の少しやつれた女が、たらいで足を洗ってくれる。昔の宿屋の決まった場面です。

長谷川　洗ってもらっている男の側からの視点ですから、ほつれ髪を見下ろしているわけですね。恋ではないけど非常に色っぽい句です。

こよひ出て鳴く石のこほろぎ　耀

長谷川　さびれた宿の土間で、こおろぎが石の上に登って今夜は鳴くだろうという句です。

川の香の強きがつづく夜々の月　玩

長谷川　次は丸谷さんで、どこか田舎の川が流れている盆地の町、たとえば津山とかああいう感じがしますが、鮎がうまそうな川が流れていて、夜ごとに月がかかる季節。だから月のもとでこおろぎが鳴くということですね。

相撲の沙汰も絶えてさびしき　乙

岡野　僕の住まいの近くに、曾我物語で河津三郎が殺されたところがあるんですよ。相撲の四十八手のなかに河津掛けという派手な一手があって、滅多に出ないんですが三年に一回ぐらいはそれで勝つ力士がいます。かかったら相手が仰向けにパーンと吹っ飛ぶので、実に見事なんですよ。もともと伊豆の伊東は河津三郎追善の相撲の興行が行われていたのに、この頃は絶えてしまったから寂しい、という句です。

檜もて湯舟を丸く造らせん　櫂

長谷川　名残の裏に入ります。相撲の土俵の形からの連想と、もう一つ、吉野の櫻花壇という旅館の楕円形の檜風呂からの連想です。あのお風呂、岡野さんが名前をつけられたんですよね。

岡野　宿の主人が名前をつけてほしいと言うので、まず入らせてもらいました。その時、窓から桜が散ってきてお湯にいくひらか浮いたんですよ。これだと思って、「花びらの湯」と名付けました。僕はいい名前だと思うんだけど、主はもう少し格調のある名前をつけてほしかったらしく、あまり喜ばない。

長谷川　和泉式部より漢詩の方が、宿の主はよかったわけですね。

岡野　そうです、そうです。宿の主人の方が、学がある。

裸ん坊をほめるやんやと　玩

長谷川　赤ん坊をそのお風呂であやし、持ち上げて高い高いをしたりしているおじいさん。お父さんでもいいんですけど、そういう親子、あるいはおじいさんと孫の姿です。

あどけなく母をいたはる五つの子　乙

岡野　裸ん坊に、もう一人子供を加えました。優しくお母さんに育てられてもう少し大きい児。五歳ぐらいになると、だいぶものの道理もわかってきますからね。

長谷川　五つにして母の苦労をよく知っていると。これは何か思い出がおありですか？

岡野　子供の時分に住んでいた伊勢の山の家では、雪が四十センチぐらい積もるんですよ。三キロほど離れた村の親類の家へ行く時、母に励まされながら歩いてきたんだけど、もう足が冷たくなってどうにも歩けないと言って雪の上にうずくまったら、母が「お母さんだって我慢してるのよ。こんなに足が真っ赤になってるのよ」と着物の裾を上げて、本当にいたいたしい姿だった。「ああ、お母さんもこんなに我慢してるのか」と。そんな思い出があります。

紙の雛《ひひな》を流す河原　　　櫂

長谷川　丸谷さんの「裸ん坊」の句は明らかに男の子で、それを受ける岡野さんの句も何となく男の子の感じがするのですが、この句だけみると「五つの子」とあるだけでどちらとも取れる。そこで実は女の子だったと転じました。小さな女の子が母を労りながら河原でお雛さまを流しているところです。

十代も還暦すぎも花見顔　　玩

長谷川　丸谷さんの花の句ですね。めでたい花盛りの景色が出てきます。

地摩りの藤のほろほろと散る　　乙

長谷川　岡野先生の挙句ですね。

岡野　春日大社の一番奥の門を入ったところに見事な藤がありまして、房が長くて地面に届くぐらいのものだから「地摩りの藤」と言うんです。藤原氏ゆかりの藤です。

大鯰の巻

大鯰そねむなひがむな暴れるな　玩亭

長谷川　この歌仙を巻いた年の三月が東日本大震災でした。地震鎮めの句ですが、いかにも丸谷さんらしいですね。

雷《らい》はためきてゆらぐ天地《あめつち》　乙三

岡野　大鯰が出てきて、これは大変だと、少し気を張って脇を付けました。

万年のはかりごととて国造り　櫂

長谷川　地震に雷と龍虎のような恐ろしい組み合わせで天然の災害が詠まれました。で、国造り、復興というのは一年や二年の話じゃなくて、万年を見通してやってほしいという政への注文です。

岡野 おめでたいほうへ引き向けてくださいましたね。

ここしばらくは政局でゆく　玩

長谷川 これも政治家だけど、政界のボスか陰のフィクサーみたいなのがこういうことをうそぶいている。

成りいづるおのころ島を照らす月　乙

岡野 僕はどうも古代へ引き戻す癖がありまして、国産みの時代にさかのぼります。地をかき回すような感じで国土が固まってくる、その状態を照らす月、というかたちで月を出しました。

長谷川 「おのころ島」というのは古事記の冒頭、イザナギ・イザナミの国産み神話に出てくる、古代の日本ですね。

岡野　淡路島と言われています。神が産んだとか誰かがつくったとかではなくて、自ずからでき上がった最初の島、という感じです。

塩の凝れる皿の枝豆　　櫂

長谷川　会場の「三平」では、毎回必ずたたみいわしと枝豆が突き出しに出てくるので、それを使わせていただきました。天の浮橋の上から矛を海に入れてかき混ぜて国をつくり、矛から落ちる潮のしずくが日本の島々になっていくわけだけど、実はそれは目の前の皿に載っている枝豆についている塩であると。ここで表六句が終わり、裏へ入ります。

長き夜を忍者の群れとつきあつて　　玩

長谷川　これはどういうことでしょうか。枝豆を食べながら忍者の群れと……。

岡野　「長き夜」というのは、なかなか夜の明けないことですね。

長谷川　そう、秋ですね。

岡野　この世の始まりの頃の長い夜かもしれません。旅でも一緒にするのかな。

長谷川　忍者の群れと何か相談でもしているのかもしれませんね。

をとめを恋ふる壁ぬけの術　　乙

長谷川　恋の句ですね。

岡野　壁抜けの術に、僕は一時こだわってましてね。ナメクジというのは壁にくっ付いて、しばらくするとスーッと染み通って壁の向こう側へ体が移っちゃう、それは忍者の壁抜けの術と同じ方法なんだと聞いて、魅力的だなと思ったんです。乙女の元に通っていくのに昔の男たちは手練手管を使ったわけですが、なに、壁抜けの術を使えば上手くいくだろうと。

長谷川　岡野さんの伊勢の故郷は、伊賀とは近いのですか?

岡野　近いです。実家の神社には伊賀の信者もたくさん来ます。忍者の家元も一族郎党を連れて、一年にいっぺん祈願に来られるんですよ。僕の子供がまだ小学生の頃、「パパは忍者の大将をお祓いしたり御祈禱したりしたんだよ。偉いんだぞ」と学校で威張ったらしいです。

待ち伏せて狸を落とす爺と婆　　櫂

長谷川　そういう術に絡めて、老夫婦がいたずらをする狸に罠を仕掛けて、落ちるのを待ち受けているという場面です。

コンと狐が鳴く村はづれ　　玩

長谷川　それに丸谷さんが狐を持ってきたのは、「向付」ですね。狸が出てきたから狐。龍が出てくれば虎とか、そういう付けです。

山伏の因果咄におぞけだち　乙

岡野　山伏っていうのは、かなり強引にお説教的な話をするわけです。おどろおどろしい話で、こけおどし的に脅す。

はたと消えたる風の灯　櫂

長谷川　鳥肌が立つような。そういう怪談仕立てなので、灯までふわりと消える。

めいめいの杯に月ありやなし　玩

長谷川　宴をやっていて、杯を酌み交わしている。それぞれの杯に月が映っているんだろうか、いないんだろうか、まあ映ってるだろう、というイメージです。

岡野　きれいですね。今までの気分が、すっとすがしくなった。

長谷川　ええ。火がパッと消えると、いよいよ月が杯によく映っているということですね。連句は短歌のように二句ずつ組で読んでいくと一つの世界になるので、ここだと「山伏の因果咄におぞけだち　コンと狐が鳴く村はづれ」という一つの短歌のかたちで読む。その次は、「山伏の因果咄におぞけだち　はたと消えたる風の灯」っていう歌として読んでいく。だから「めいめいの杯に月ありやなし　はたと消えたる風の灯」となりますね。

君は南溟吾《あ》は胡沙の秋　乙

岡野　戦争中の大木惇夫の「戦友別盃の歌」という詩によく似たものがあります。あの感じを少し古風にして、ここへ持ってきました。

長谷川　「南溟」というのは、南の海のイメージですよね。南洋、南の人魚がいるような海。胡沙というのは?

岡野　北の方、砂漠を吹く秋風の感じですね。

長谷川　砂塵逆巻くモンゴル平野、草原のあたりですね。で、軍隊でそういうところへや

られていると。悲壮な句なので、僕はまたちょっとここを変えなくてはいけなくて、

週末は茘枝のうまきリゾート地　　　　　耀

長谷川　中国の海南島あたりのイメージです。蘇東坡という中国の詩人がいて、政府に反抗ばっかりしているので左遷される。最初揚子江の南に左遷されるんだけども、まだ言うことを聞かないので海南島までやられるんですよね。そうしたら、ここの茘枝はうまい、こんないいところはないと言って、また中央の官僚たちの怒りを買ったという話があって。それを下敷きにしました。

家代々の藝は色じかけ　　　　　玩

長谷川　母親も娘もそのまた娘もずっと色仕掛けで世を渡っている。いろんな場面が考えられますが、言ってみれば、藤原摂関家は俗に言えばこういう感じですよね。

六條の院の花みなあはれ濃く　乙

岡野　そこで、源氏物語の世界へ行きます。六条院に召されている女性たちはみなそれぞれ特色があって思いが深い、と。

長谷川　今のJR京都駅のもうちょっと北が六条ですね。六条御息所の広大な屋敷があって、六条御息所亡きあとにそれを源氏がもらい受けて大邸宅をつくる。で、そこに自分が愛した女性たちをそれぞれ住まわせてる、という場面ですね。

ああ黄金の霞たなびく　櫂

長谷川　六條院の絵巻物、屛風みたいなものがあって、洛中洛外図のような霞か雲がたなびいている。名残の表へ入ります。

行春の喫煙所にてガム嚙めば　玩

長谷川　黄金の霞というのが、実は喫煙所に立ちこめる煙だったという落ちの句ですね。

岡野　紫煙だったんですね。思い切って落としてますね。

老いの入歯の急にはづるる　乙

岡野　小説家の落差についてゆくには、肌身をさらして、身につまされる思いです。この頃は、口になじんであまり外れなくなりましたけどね。

十八のころは小町といはれしも　櫂

長谷川　ここまで男のイメージだけど、「老いの入歯」を女性に変えてみました。かつては小町と言われた女性がおばあさんになって入れ歯が外れるという場面です。

恋の百態演じたるのみ　　玩

長谷川　そして丸谷さんは、そのおばあさんはいろんな恋の経験者で、百態ということは一年に一回ではとても足りず、一年に二回も三回も恋をしていたと。芭蕉の歌仙の「さまざまに品かはりたる恋をして」「浮世の果は皆小町なり」、あのあたりを面影にしています。

それぞれに女歌舞伎の一座ちる　　乙

岡野　出雲の阿国とか、そういう初期の演劇集団の興業が今終わって、また散り散りになっていくところです。ちょっと身に沁むあわれがあります。

長谷川　歌舞伎が男だけのものになるのは、江戸時代も少しくだってからですよね。あまりにも刺激が強すぎるから男にやらせようと。

このごろはやる邪教の詮議　　櫂

長谷川　その江戸時代初めの空気で、キリシタン詮議が大変厳しくなったという句です。

カステラの下に小判の御進物　　玩

長谷川　役人の詮議があるんだけど、カステラの下に小判を入れておけば踏み絵を踏まなくてすむ、ちょっと手加減してくれる、という句です。カステラとは要するに長崎ですね。

鳶が一気に空かけくだる　　乙

岡野　カステラの大きな箱の下にずしりと小判が隠してある。いち早くその気配を感じ取った鳶が、これは好物の油揚げに違いない、何を、のがすものかと。風を切って舞いおりるところです。

長谷川　なるほど。鳶がカステラを狙ってきたという感じもしないではありませんが。

稲村の岬のみゆるイタリアン　櫂

長谷川　鳶というと僕はどうしても地元の稲村ケ崎を連想します。あそこには鳶がいっぱいおりまして、近くに美味しいイタリアンの店があるので、そういうサザンオールスターズ的風景です。

岡野　この句は、日本の湘南の海の感じが出て、いい気持ちですね。それに誘われて次の玩亭さんの句もしゃれている。

スイスの月は文字盤のやう　玩

長谷川　「イタリアン」が出てきたので「スイス」になったんですね。スイスは時計の産地なので、月までが文字盤のようだ、という句です。

盛りあぐる供物の團子萩すすき　乙

岡野　月が出ているわけですから、それに付け合わせて供物の団子を出しました。せっかくの新しい気分が、一変してまた古風になった。

龍田の姫をまつる山里　擢

長谷川　春の女神が佐保姫で、秋の女神が龍田姫。奈良には龍田川という川、龍田山という山がある。紅葉の名所なので、秋の女神の名前になってるわけですが、その女神をお祀りしている山で、月見の宴が行われてるということですね。

ひさびさに百首歌詠め年而立　玩

長谷川　名残の裏へ入ります。定家のような人たちが百首歌を詠んで、何かお祝いの進物とする。誰かが歌を命じる場合もありますね。後鳥羽院のような人が。

岡野　そうです。定家に命じていられるような感じですね。『後鳥羽院』の著者らしい句です。

熊野詣での伴つかまつる　乙

長谷川　なるほど。それでぴったりいくわけだ。よく熊野まで何度も行きましたよね。あれは霊力をたくわえに行くわけですね。

岡野　大変だったと思いますね、あの頃は。でも熊野への執着は、今でも関西の人間にはよくわかります。病気が重くなって万策つきると熊野へ行け、大事を企てて成就させようとすると、熊野に願をかけよと言う。

新しき檜の笠の香りたつ　　　　　　　　　　　　　　　　　　　　　　　　櫂

長谷川　熊野詣でにお伴をするので、檜の笠を新調したという句です。

雛の顔ほめ宿銭とする　　　　　　　　　　　　　　　　　　　　　　　　玩

長谷川　旅の途中、宿に飾ってあるお雛様の顔をほめて宿銭とする……っていうのは、支払いを勘弁してもらうと。

岡野　そう、泊めてもらったお礼に、ご機嫌取ったわけですね。折口信夫は若い頃に、僻地を民俗採訪の旅をしていて、旅費が足りなくなると、お地蔵さまのお賽銭を拝借することがあった。留守を守る弟子に「今日はお地蔵さまに三銭借りました。至急送金しておくれ」と書き送った葉書が残っている。

杖ついて花見にゆかむうらの山　乙

岡野　少しおっとりとした感じにしました。それにふさわしい挙句を付けてくださいました。

腰にさげたる酒は春風　櫂

長谷川　挙句は僕の句で、花見に行くときの気分です。春風っていう酒の銘柄みたいだけど、それだけじゃちょっとつまらないので、要するに酒が春風であると。そういう春の風のような酒であるという句です。

迦陵頻伽の巻

月こよひ迦陵頻伽を舞ふをとめ　乙三

長谷川　迦陵頻伽とは鳥のように舞うものですね。あれは雅楽ですか。

岡野　はい。毎年、伊勢神宮で「名月歌会」が開かれておりまして、全国から集まってくる歌を選んで奉納するんです。ある年に内宮の宇治橋を渡ったところの広場に舞台を組んで大きな火焔太鼓を立てて観月の宴が行われたんですが、そこで迦陵頻伽の舞が舞われた。その情景を発句としました。

きのふは村の稲刈り終へて　櫂

長谷川　もともとは「伊勢の国原稲刈り終へて」と詠んだんです。ところがこのとき珍しく丸谷さんが、表六句、つまり最初の六句には国の名前は出しちゃいけないんだとおっしゃって、このように直しました。稲刈りを終えて月見の宴をしている、という句です。

岡野　そもそも、「神祇・釈教・恋・無常」など重い句は表六句に出さないという、古い約束がある。でも、それを越えて、この発句は出したかったのです。

夜さむさをたまものとして読みふける　玩亭

長谷川　これも秋の夜の句です。夜の寒さで頭が冴えてちょうどいいと読書に耽っている。丸谷さんご自身の姿かもしれないですね。

岡野　しーんとした、心の静まりが感じられますね。

末摘花の顔おぼおぼし　乙

岡野　末摘花は源氏物語の女性の中ではパッとしないさびしい女性なので、「顔おぼおぼし」と。

長谷川　「おぼおぼし」というのはどういうニュアンスですか？

岡野　性格のすっきりしない感じが、姿全体から感じられるような女性です。

長谷川　末摘花は醜女のように言われているけど、必ずしもそうではなくて、ちょっとダサいというか、昔風なんですよね。

岡野　そうです。気持ちが古風なんですね。

もうもうと一番風呂の湯気ゆたか　　櫂

長谷川　一番風呂の真っ白な湯気の中から、末摘花の顔がぼんやりと浮かんでくるという句です。

使つたせいか頭かゆしや　　玩

長谷川　それで丸谷さんが、頭がかゆいから髪を洗わなくちゃ、と付けている。

岡野　こういうところは丸谷さん、得意ですね。

鬢《びん》の毛のすずしくありしビンラディン　乙

長谷川　裏へ入ります。「鬢」と「ビン」を掛けているんですね。岡野さんは日本でただ一人のウサマ・ビン・ラディンの味方と言っていい方ですが、なぜビン・ラディンがお好きなんですか?

岡野　アメリカのやり方が嫌いなんです。若手の歌人から批判されたこともありますが、それは若い人はそう思うだろうけど、昔の戦争からずっと見てきた、というより戦ってきた僕らのような者にとっては、やっぱりビン・ラディンには心を引かれるものがあります。

長谷川　特攻隊の若者などに重なるところもおありなんじゃないか、とも思います。

獅子の骸にたかるハイエナ　　櫂

長谷川　で、僕も隠れビン・ラディンファンでありまして。当時、ビン・ラディンの顔とブッシュなりアメリカの政治家の顔を比べると、明らかにビン・ラディンのほうが品がありましたね。一種の理想主義者の顔だった。この「ハイエナ」はアメリカの特殊部隊、あるいは中東の油にたかる資本主義国のイメージです。

廃業ののち大物と認められ　　玩

長谷川　仕事で大きな失敗をして辞めて、そのあと「実はあいつは大物だった」と。何もしてないのに大物と認められるという、これも丸谷さんが得意とするところの世情の句です。

那須野にひらく大根の畑　乙

岡野　続く僕の句は、乃木将軍です。戦争中は、乃木は戦争下手だと軽く評価されていたのに、戦争が終わったのちに、明治天皇が乃木を非常に高く扱われたわけです。隠遁してひっそりと大根などつくってる乃木の姿。

珊瑚咲く海の島より来たる嫁　櫂

長谷川　那須野の今の風景です。東北とか北関東あたり。嫁の来手がないので、たとえばフィリピンとかインドネシアとか、ああいう南のほうからお嫁さんがやってくる。

姑《しうと》にあはせ韓流びいき　玩

長谷川　夫の母親が韓国ドラマばっかり見てるんで、嫁さんも仕方なく見ている。

百済びと始めし村の塔古りて　乙

岡野　私はどうも古代へ持っていく癖がありまして。百済の人たちが日本にやってきて定着した、古い塔の残っているところなどが、飛鳥や近江にありますね。それを持ってきました。今でも確か地名などに残っていると思います。

月の光に仏ほゝゑむ　櫂

長谷川　そういう百済の人々の居留地みたいなところで、仏像が微笑をたたえているという句です。

枝豆と絵ろうそくとが名産で　玩

長谷川　そういう村は実は枝豆と絵ろうそくを名産にしている。またここで「三平」の枝豆が出てきました。

岡野　そうそう、「三平」の枝豆、思い出しますね。

さやかにゆらぐ神のみあかし　乙

岡野　絵ろうそくとからめて、さっきは仏様のお寺だったけど、やっぱり神様もちょっと出しておかないと、と思いまして。神祇・釈教といいますから。

長谷川　「さやかに」というのがいいですね。神の御明、燈明が爽やかに、さやさやと揺れる感じです。

笹を手に歩くは女もの狂ひ　櫂

長谷川　さらわれた子供を探し回るとかいなくなった夫を探し回るとか、そういう女のもの狂いって、なぜか必ず笹を手に出てくるので。

岡野　こういう女性のもとには、神や霊的なものが降ってくると信じられているんですね。

長谷川　なるほど。じゃあ依り代として持っているわけですね。

　薄情をとこ花だよりせよ　　玩

長谷川　そのもの狂いの女は、実は男を恨んでいるのであると。姿を消してしまった男を恨んでいるという女の姿ですね。次から名残の表へ入ります。

　この春は都踊りにつれだちて　　乙

岡野　まあ別に誰と行ったというわけではございませんけれども、この女性になんとなく華やいだ感じを出そうと思いまして。

祝ひの酒とはやす田楽　　櫂

長谷川　何かのお祝いの酒の肴に田楽が出てきた。この田楽は食べ物のほうですね。田楽の踊りではないと思うんですよ。踊りはもう「都踊り」で前に出てきていますから。

仇討の成就めでたく旧《もと》の祿　　玩

長谷川　その祝い酒のわけが知りたくなるわけだけど、実は……。仇討を見事成し遂げて、剝奪していた祿を元に戻してやった殿様の姿ですね。

父の遺愛の馬をいたはる　　乙

岡野　めでたく仇討を成し遂げて、その続きのような感じです。

長谷川　仇討で諸国をまわっている間にお父さんが亡くなってしまったって感じでしょうか。

夏あざみ娘ごころを人知るや　　櫂

長谷川　その仇討を成就した若者を秘かに恋うている女の子の姿です。

岡野　恋の句ですね。しっとりと素朴で、いい感じです。

口すはれればからだ濡れゆく　　玩

長谷川　初恋のつもりだったのに、玩亭さんがまたいきなり濃厚なエロティシズムの極みの句を出しておられる。解説はありません。

ナデシコの選手も装ふ園遊会　　乙

岡野　丸谷さんの濃艶な感じを、もうちょっと爽やかで健康的にと思って。

長谷川　なでしこジャパン。サッカー女子日本代表ですね。この歌仙を巻いたのは二〇一一年十月ですが、七月になでしこジャパンがワールドカップ初優勝を果たして、園遊会に呼ばれた年です。

蕎麦の屋台の前に行列　　　　櫂

岡野　櫂さんは、その女性たちのすこやかな食欲の方に句を持っていかれた。

長谷川　そうです。園遊会の出店の蕎麦屋の前に長い行列ができている。

岡野　で、玩亭さんの微妙な句が続いた。

月見団子の串みじかきを哀れみて　　　　玩

長谷川 丸谷さんの月の句は、ちょっとしたアンニュイなニュアンスです。

棚田を落つる水の絶えだえ　乙

岡野 秋だから本当はもう水は引かなくていいわけで、水が絶え絶えになっているのは当然なのですが、その水の音が身に沁みるような感じです。

長谷川 水を落とすというと、稲刈りの前ですね。月見はちょうどその頃ですよね。

猪を出会ひがしらに仕留めしと　櫂

岡野 子供の頃、隣の家に小柄なおじいさんが住んでいました。夕方に村から家へ帰ってくる途中にちょっとした峠がありまして、上のほうからすごい勢いで猪が走り下りて来た。息杖をひょいと突き出したら、それに前足が引っかかって折れちゃって動けなくなった。

長谷川 あ、じゃあ岡野さんがあの場でその話をされて、僕がそれをいただいてこの句を詠んだのかもしれないですね。

手柄話に孫懐疑的　　玩

長谷川　丸谷さんの落ちの句です。おじいさんの昔の自慢話を、孫が眉唾物だと思いながら聞いている場面。これ、人間関係の描き方がやっぱり丸谷さんらしいですよね。次から名残の裏です。

曾祖父《ひいぢぢ》がふぐりをあぶる里神楽　　乙

岡野　このあたり、もう祭りの酒が十分に回ってますからね。「おおじい」が真っ先に無礼講になるんです。

長谷川　でも、今はもうこういう風習が分からないでしょうね。火鉢がなくなってるから。昔は火鉢の上にまたがって暖めたりしてたんですよね。

どゞろどゞろと八岐大蛇　　櫂

長谷川　僕の句は里神楽で八岐大蛇が登場するという場面です。

焼酎のおかげでしたとスサノヲ談　　玩

長谷川　八岐大蛇を退治したスサノオノミコトが記者のインタビューを受けている。「あれは実は焼酎で八岐大蛇が酔っぱらったのでやっつけることができたんですよ、僕だけの力じゃないんです」って、ちょっと謙遜しながら答えている姿ですね。

春の出雲に娘《こ》をとつがせし　　乙

岡野　その話題の出雲へ娘を嫁がせた。

長谷川　スサノオがクシナダヒメという出雲の姫と結婚する話を面影にしている句ですね。

はらはらと花びらかかる白魚舟《しらをぶね》　　櫂

長谷川　出雲の宍道湖の名物の一つ白魚を、春なので舟で獲っている。そこに花びらが飛んでくるという場面です。

山が莞爾と笑ふ大景　　玩

長谷川　丸谷さんの挙句は、山が笑っているわけではないんだけど、にっこりとしたような面影があるという、景色の中に笑いを見ている春の句です。

岡野　めでたし、めでたし。

夜といふ旅人の巻

夜といふ旅人とゐて秋深き　　櫂

長谷川　台湾の台北でつくった句を発句としました。台湾は最初はオランダ、そのあと中国の清朝が治めて、日本に統治されたり蔣介石の軍が入って来たりと、様々な国に裏切られて今も続いている。そういう歴史を背景にして、文学や映画にとても優れたものがあります。「悲情城市」という映画もその一つですが、そのイメージなんです。たとえば誰かがバーカウンターで飲んでいて、その隣に夜という旅人がいる、発句はそういう感じです。

車の屋根に落ちる何の実　　玩亭

長谷川　外に停めてある車の屋根に何かの木の実が落ちる、という脇を丸谷さんが付けました。

ひたひたと月の入江に潮みちて　乙三

岡野　屋根に落ちる何かの実という、その気持ちはつなぎながら情景を変えてみようと。

長谷川　脇の木は市街地か山の中、あるいはさっき言ったような街中でもいいわけですよね。岡野さんの句になると、海のすぐ近くという感じになります。

二尺の鯛を塩蒸にせん　櫂

長谷川　海だったら魚が美味しいだろうと。二尺というと結構大きな鯛ですが、それを塩で蒸して、さあこれからいただきましょうという句です。

還暦の杜氏と酒を汲みかはす　玩

長谷川　還暦祝いに、杜氏とお酒を汲み交わしているという句です。

つるりとすべる額《ぬか》の鉢巻　乙

岡野　その杜氏の頭が見事にはげ上がっていて、たわむれに巻いた額の鉢巻が、酒を汲み交わしているうちにつるっと滑っちゃったという。今は還暦といってもまだ若いですけどね。

長谷川　六十にしては、はげすぎ。赤銅色の額のような感じがしますね。

霊験のちょつと怪しい招き猫　櫂

長谷川　裏へ入ります。鉢巻というと寿司屋の大将のような感じがして、そのカウンターを思い浮かべたんですけど。棚に招き猫が置いてある。だけど効き目を疑いたくなるような、あまり流行ってない寿司屋の感じです。

道をたづねて煙草買はない　　玩

長谷川　実はその招き猫は煙草屋に置いてあって、その煙草屋で道を尋ねる。だけど煙草は買わない。道を教えてくれたお礼に煙草の一箱ぐらい買えばいいんだけど、きっとこれ、煙草を吸わない人なんですね。だから最初から煙草を買うつもりはなくて、道だけ尋ねた。これもおかしなちぐはぐな句です。

岡野　こういう、ひょいとした外し方はうまいですね。そう言えば、丸谷さんは煙草を吸わない人でしたね。

迷ひ入る冬枯れ山にゆきくれて　　乙

岡野　冬枯れ山に心誘われて入り込んだわけですが、ふっと気が付くともう夕方になっていて、どっちへ下りたらいいか分からないという情景です。

長考のまだつづく恋の句　　櫂

長谷川「ゆきくれて」なんて、まさに和歌の言葉ですよね。「ゆきくれて」の歌が何万首あるか分からないくらいです。次の句でその「ゆきくれて」の雰囲気を写し取ろうとしたんですけど、恋の句を歌仙で考えてて、なかなかできないという、そういう人でありす。これが一応、恋の句。

むねの火をいづくの岳にたとへんや　　玩

長谷川　胸の思いをどこの火山に例えたらいいのか、阿蘇だろうか雲仙だろうか桜島だろうか、という句です。

岡野　「わが胸の燃ゆる思ひにくらぶれば煙はうすし桜島山」。

長谷川　幕末の志士、平野国臣の歌ですね。これは多分、それを下敷きにしています。

おもひおもひになびく秋草　乙

岡野　「秋」と、なんかちょっと気持ちが飽いた、というのを掛けています。

長谷川　「なびく」は単に景色の描写だけじゃなくて、人の心がなびくということもありますからね。「むねの火をいづくの岳にたとへんや」を、男の句だとすると……。

岡野　「おもひおもひになびく秋草」は、女の句ですね。

長谷川　女のほうは実はそれほど思いが深くなくて、いろんなほうへ目移りしているというような。景色の句ではあるんですけど、恋の気配もする句ですね。

岡野　ええ、そうです。ややコケティッシュな気持ちのある女性ですね。

大悟して自由自在の月のぼる　　　櫂

長谷川　「おもひおもひに」とは、「好き好きに」ということですよね。そこから「自由自在」という言葉を引っ張ってきました。病気をしたとか、何かきっかけがあって大悟した、悟った人が月を見ているんですが、「自由自在の月のぼる」とつなげて詠んでいます。

虫いつせいにすだく前栽《せんざい》　　　玩

長谷川　月夜の庭の景色ですね。

身ふるひて神がかりゆく梓巫女《みこ》　　　乙

岡野　梓巫女が神がかりがして震えながら、何か口走っている状態です。梓弓をビーンビーンと鳴らしながら。

長谷川　あれは魔除けではなくて、逆に神を寄せるための、神降ろしの道具なんですね。

岡野　ええ、そうです。生霊・死霊を呼び寄せて、口寄せする女性です。

一雨に立つ蕨《わらび》薇《ぜんまい》　　　　櫂

長谷川　雨があって、春、一斉に蕨や薇が萌え立ってくるという神秘的な場面です。

初恋の年きそひあふ花の宴　　　　玩

長谷川　次の丸谷さんの句は、花見の席で俺はいくつのとき恋をしたとか、そういうことを自慢し合っているおじさんたちですね。

装ひりゝしく春駒に乗る　　　　乙

長谷川　これはやっぱり青年、初恋の対象であったり、初恋をしている人であったりという感じですよね。「春駒」というのは、どういうふうにとればよろしいですか？

岡野　村の行事です。春駒を派手に装わせて、その年青年になった連中が乗りこなす。馬場がお社にくっ付いているので、神社の行事なんです。

長谷川　一種の通過儀礼的な行事なわけですね。少年から大人になっていく。

波白き駿河の国の道遠く　　　　櫂

長谷川　名残の表へ入ります。駿河はいわゆる今の静岡県の一部ですけど、横に長い地形なので、東海道を通っていくといつまでも静岡県を抜けられない。海岸が延々と続いている、そこを旅している人の姿です。春駒に乗って行くっていう感じだけど、まあ春駒っていうのは今のご説明にあった通りの行事なので、馬に乗ってとぼとぼと旅をしている旅人の姿ですね。

撮るも撮らるるも相好くづす　玩

長谷川　記念写真か何かを撮っているところでしょうか、これ。

岡野　そうですね。撮るほうがまず、「ちょっとニコッと笑って」とか言って。

長谷川　スナップみたいな、こういうちょっとしたとらえ方がうまいですよね。

信玄の金《きん》掘りあてし歳のくれ　乙

長谷川　前の句からはちょっと飛躍してますね。駿河の国だから、信玄と戦をしているわけで、その連想でしょうか。

ポチの写真が新聞のトップ　櫂

長谷川　「掘りあてし」から花咲かじいさんの話で、信玄の金塊を掘りあてられたのは、犬がここ掘れワンワンと吠えたからだという物語仕立てであります。玩亭風の句です。

人間で言へば傘寿と祝はれて　玩

長谷川　実はそのポチという犬はもう相当お歳で、人間で言えば八十歳くらいだと。この歌仙を巻いたのが二〇一一年で、丸谷さんが亡くなる前年ですから、傘寿というのはご自身のことでもあったかもしれません。

西の浄土に舟こぎいだす　乙

岡野　傘寿と祝われておめでたいけれども、もうそこまで生きたんだからというので。補陀落渡海に出ると。

ものすごき蓮華とひらく大夕焼　櫂

長谷川　西へ向かっていくと夕焼が赤々と燃えている。なんかもう真っ赤にただれるような蓮華の花であって、ちょっとどぎつい句ですね。

色鉛筆の百色つかふ　　玩

長谷川　この呼吸が面白いですよね。

ダイバーにみちびかれゆく珊瑚の海　　乙

岡野　沖縄の感じですね。私は潜りはしませんが、観海流という平泳ぎの一種で遠泳をよくやりました。

人魚の眠る砂の冷やか　　櫂

長谷川　人魚が秋の浜辺で昼寝をしている場面です。

樹を伐るな新月のころといふ口伝　　　　玩

長谷川　それに丸谷さんが、新月の頃は樹を伐っちゃいけないという口伝というか言い伝えが、その人魚の島にあるんだと付けました。

天狗倒しのとよむ秋山　　　　　乙

岡野　山で大きな樹が伐り倒される、バリバリバリ、ドシーンという音が響く。それは天狗倒しという木霊の一つのように山の人たちは信じていて、笛の音が混じっていると神様のご機嫌が悪いとか、秋のよく空気の澄んだ晩なんかは太鼓か鼓でも打っているような音がポーンポーンと木霊して、そうすると神様のご機嫌がいいとか、いろんなことを言う。

少し神様のご機嫌も考えなきゃ、というような感じですね。

長谷川　樹が自然に倒れるんですか？

岡野　倒れる音はするんですが、行ってみると別に倒れてないんです。ただ、天狗倒しの音と呼ばれるんです。

割箸の香りてすゝるせいろ蕎麦　　櫂

長谷川　裏へ入ります。その倒れた檜か杉でつくった割箸でせいろ蕎麦をすすっていると。

この稼業には東京は無理　　玩

長谷川　それで丸谷さんの、蕎麦屋をやるには東京は難しいから、どこか田舎へ引っ越して店を開こうという句であります。

大山の豆腐料理のなつかしき　乙

岡野　相模大山の阿夫利神社に参拝して、一晩泊まる。名物は大山豆腐です。住んでいるところが近いので、何度か行きました。江戸の昔から、大山参りは盛んだった。

長谷川　大山に行って、江の島を巡って帰ってくるというコースがあったそうですね。

瓜坊どものあそぶ若草　櫂

長谷川　大山は猪の産地だから、猪の子供たちが何匹かで春の草に戯れて遊んでいるという場面です。

昨日けふ神馬のいさむ花の庭　玩

長谷川　その村のお宮では神馬が飼われていて、春を迎えて気が荒くなっている。

霞めるままに暮るる山脈《やまなみ》　乙

岡野　大山の宿にこもったまま、ひと巻が終わるというちょっと古風な気分です。

長谷川　この静かな挙句で丸谷さんの「神馬のいさむ」が引き立ちますね。

ずたずたの心の巻

ずたずたの心で春を惜しみけり　櫂

長谷川　この回はちょっと変則的に巻きました。この発句は僕の『震災句集』の中に入っていた句なんです。丸谷さんに句集をお送りしたら、そのお礼状にこの句が引かれてい

て、

敢へて飾るか旧暦の雛　　　玩亭

という脇が付けてあった。発句と脇だけだと挨拶のやりとりで、句集のお礼ということなんですが、同じ内容の脇の付句が岡野さんのところへ手紙で行っていて、それに第三が付いてゴットンと動き始めたという感じです。最初は手紙でやっていたんですが、途中から手紙が迷子になったりで、ファクシミリで送るようになりました。

岡野　長谷川さんの「ずたずたの心」という言葉がいいですよね。あの震災を心に思って詠まれた句として本当に良いので、「敢へて飾るか」というところが、脇の句としてよく働いている。

長谷川　お雛様はいまは太陽暦の三月三日にやっているわけですが、「旧暦の雛」と言うと、だいたい四月の上旬ぐらいに当たるわけで、いわゆる晩春です。春を惜しむということなんですが、僕はこの脇の句を見た時、丸谷さんはイギリス風のジェントルマンで、話術も巧みであるし、決して人とぶつかるようなところがなくて非常にソフトな感じが一方ではするんですが、実はとても骨っぽいところがあって、それは初期の小説などを読むと出てきます。そういうところが「敢へて飾るか」という句の勢いに出ているような感じがしました。

岡野　なるほど、私はこの発句と脇の気分をくみながら……。

流しやる潮路のはても霞むらん　乙三

岡野　本来、雛は流すものです。いまは立派になりすぎて毎年繰り返し飾りますけれども。

長谷川　そうですね。あれは形代ですから。

岡野　それと、津波に呑み込まれて亡くなった人たちへの思いとを重ねたのです。ただ、あまりあらわな悲しみの思いにはしないで、少しやわらかくしたわけです。

長谷川　海の流し雛ですね。

岡野　ええ。紀州の淡島などでは、いまでもきっと流しているんじゃないかと思います。
　これを送りましたら、丸谷さんから、とてもいい、発句、脇、第三と非常に滑り出しが良くて楽しい、という葉書が来たんです。

長谷川　第三の句は流し雛のことですが、実は流されるのはお雛さまだけではなくて、昔から政争で敗れた人とか罪人を日本の辺境の地へ流していたわけで。

　　黒木の御所に歌草を選る　　　櫂

長谷川　流された人の面影ですね。「黒木の御所」というのは佐渡でしたか、隠岐でしたか。

岡野　隠岐の後醍醐天皇の御所、つまり配所の佇まいですね。いまでもあそこの鳥居は黒木、皮を剝かない木ですね。それで建ててあると思います。

長谷川　そこで選歌をしている。佐渡でも隠岐でもいいのですけれど、どちらかというとこれは隠岐のイメージですか。

岡野　『隠岐本　新古今和歌集』ですよね。

山の端の月のしろがね錆びもよし　玩

岡野　その次が月の座ですが、この連句、丸谷さんはいいところに当たっているんですね。「しろがね錆びもよし」というのは、おそらく屛風だと思うんです。丸谷さんはこういう図柄が好きでした。銀を使ってさび色になっている屛風だろう。それならば、そういう江戸の文人の少し贅沢な屛風を楽しみながら、これはやっぱりお酒が出ないと。

憂ひほのかな古酒の醒めぎは　乙

岡野　のどかな気持ちで古酒を舐めながら、しかし「この頃の政治は、なっとらんのう」といったことを思っているような、としたんですね。

長谷川　「ほのかな古酒の醒めぎは」というのに「憂ひ」が付いて、ここが実に言葉のたおやかなところです。古酒の醒めぎわというのは、何か特別なものがありますか。
岡野　古酒というと、沖縄では「クースー」と言いまして、百年、二百年の泡盛ですけれども、きついからかなり長くもつらしい。古い家では床下に甕を蓄えておくらしいです。釈沼空先生の家では、二百年、二百五十年と書いて、縁の下に埋めてあったんですよ。
長谷川　表六句が終わり、裏へ入ります。「醒めぎは」ときているので、ここは何かハッとするようなものがないといかんかなと思いました。しかも裏の最初の句で、秋の続きの三句目ですから、桐の葉が一枚落ちてきたというので、

目の前にはらりと落ちて桐一葉　　櫂

という、軽い句ですね、この句は。
岡野　気持ちがいいですね。スカッとして。次は丸谷さんなのですが……。
長谷川　これがいろいろと問題のあった句で、最終的には、

ノッポ赤門四十初恋　玩

と落ち着いたのですが、これは別案があったんです。「四十にして初の縁談」と、どちらがよいか、と。それについて、「言うまでもなく高学歴にして長身の四十女です」、つまり東大出の女性である、と説明がついていた。

岡野　それは宗匠の長谷川さんに相談しているんですね。ですから僕はその別案を知らないんですよ。それを知らないままこれが来たので、ちょっと面食らったんです。座を同じくしていれば何となく気配でわかったり、どうにもわからなければ「これは男なのかな、女なのかな」とか言うと、「うん、それは女なんだよ」と言ってくれるわけです。今回はそれがないわけで、ずいぶん苦労してね。初めは女性だと思わなかった。一所懸命、こういう男というのはどういうふうになっていくのかな、と。

長谷川　なるほど、学問一筋で。

岡野　樺太で越境した人がいるでしょう。女優の岡田嘉子さんを連れて。あの男みたいなイメージで付けたら、丸谷さんから「あれは女だよ」という返事が返ってきたんです。

「そうか、ノッポ赤門四十初恋の女なのか」とわかったけれど、これがまた難しい。本当に悩みました。それで、もうしょうがない。そういう女性が案外こういう男に引っかかるんだと思って、

道鏡に似たる男に身をつくし　乙

と、道鏡を出したわけです。そうしたら、丸谷さんは不服だったわけ。この女性にやっぱり丸谷さんの思いがあったんですね。「岡野さん、あそこはきれいな田園風景かなんかに持って行ってくれればよかったんだ」と言うんですよ。それで、またつくり直さなきゃと思っていたんです。でも、長谷川さんの、

これはこれはと誉める大根　櫂

で僕は救われた。丸谷さんは、「ああ言ったけど、これでいいや」と言ってくれた。

長谷川　確かに「ノッポ赤門四十初恋」というこの女性は、そう言えば、丸谷さんの小説に出てくるような、インテリでちょっと美人で、「男なんか」と思っている感じの、そういう女性の姿ですね。でも、作者のイメージの通りに進んでいくと、逆に固まってしまうから、結果としては道鏡でよかったんじゃないですか。

岡野　それはそうです。単調になっちゃいますからね。長谷川さんがまた、見事な転換をしてくださったから、ほんとに助かりました。

長谷川　僕もここは大変苦労したところです。案外サッとできたんだけれども、内心エネルギーが大変要った。この句はいくつか意味があって、一つは、身をつくした、やっと結婚できた女性がふろふき大根か何かをつくる。それで八百屋の店先で大根を誉めているという話、いうイメージ。当然裏のイメージがあって、道鏡に似ているんだから巨根だろうという話で、夜は誉めている。「愛ずる」としようかとも思ったんですが、毒々しいので、「誉める」ぐらいにしておいたんです。ここのイメージがそういうダブルになっているので、次の句がとても難しいというか、お任せで処理をしていただかなくちゃいけないと思いながらお渡しししたんですけれども、丸谷さんは、

襲名で祖父《ぢぢい》ゆづりの芸見せて　玩

と大根を芝居の方へサラリと持って行ってくれて、ホッとしました。

岡野　きれいになりましたね。その前の大根で僕はホッとしたんだけれど、「これはこれは」というのは歌人の言葉からは出てこない。俳句の言葉ですね。これで助かったと思って、私は、

母は涙のお百度を踏む　乙

と、神祇の方に持って行きました。

長谷川「襲名で祖父ゆづりの芸見せて」という丸谷さんの句は海老蔵がモデルなのでしょうかね。海老蔵のじいさんというのは、前の団十郎ですね。

岡野　歌舞伎はよく見ていられましたから。

長谷川　今頃天上で「違う！」と言っておられるかもしれない。ここは我々が決めていかなくちゃいけないので、海老蔵ということにしておきましょう。「母は涙のお百度を踏む」というのは、何か芝居の種があるんですか？

岡野　いいえ、別にモデルはないんですが、やっぱり襲名ですからね。母親が陰で心をハラハラさせている。

長谷川　そうすると、舞台の上というよりは、歌舞伎の一家の母親の苦労というか、陰の功労というようなところでしょうか。

面影の白き芙蓉のひらくとき　　櫂

長谷川　やや涙っぽい世界になったので、ここはまた少し展開をしなくちゃと思って、付いているのか付いていないのかわからないようなフワッとした句を出しました。母の面影ですね。

岡野　綺麗になりましたね。

長谷川　これは秋の初めの句ですね。芙蓉の花が出てきたので、それを散らす台風の句を次に丸谷さんが出して、

列島それてどこへ颱風　玩

これは、台風が来るかと思っていたらどこかへ行ってしまったという句ですね。

岡野　昨年は全部、来るかと思ったら逸れちゃったんですね。西のほうではひどい水害もありましたけれども。

ほれぼれと月下の海に漕ぎいでて　乙

岡野　少し暢気な、のびやかな気分に転換させました。これも短歌調ですね。「ほれぼれと」は、「ほおっとしている」といった気分です。

長谷川　丸谷さんの句が秋晴れの台風一過の青空を詠んでいるわけですけれども、そこか

ら一挙に夜の世界へ、しかも海の上へ転換している句ですね。この「海」が果たしてどこかというのを定めるのが次の役目です。「ほれぼれと」というのに、これは恋ではなくて、というような注釈がありました。「うつとりと」のほうがいいかとおっしゃったけれども、「ほれぼれと」のほうが気持ちが入っていていいですね。

岡野　その次は沖縄ですね。

長谷川　ええ。「ほれぼれ」が誰かを恋しているというわけではないので恋の句とみなくてもいい。ただおおらかな秋の月の句としていただいて。

三《さん》線《しん》鳴らし嘯くは誰　　櫂

長谷川　沖縄の船に乗って出て、一人誰か三線を爪弾いて、島唄でしょうか、そんな歌を歌っている、沖縄の月の夜というふうに考えたんです。

帯とけばたちまち落つる花衣　　玩

長谷川　これには別案が最初あったんです。

岡野　そうでしたか。花の座、いいな、丸谷さん得意の場面だな、と思ってね。

長谷川　この歌仙は、月とか花という、いいところがみんな丸谷さんに行くんです。最初は、「花ながめ駄洒落は未練断つために」というのが別案として出ていたんです。これがすぐ差し替えとなって、花見のあとの女性の姿の、この句が来たのです。

岡野　これも非常にイメージがはっきりした句ですね。なので僕は少し逃げたようなところがあるけれども、

野は深閑とあをき草萌え　　乙

と、風景に転じたわけです。

これまでは同じ季節、春なら春の中で、初春と、春のちょうど中程の頃、そして終わりの頃という、この区別はつけないでつくってきたんです。それを、長谷川さんが注意して

くださいましたね。

長谷川　ええ。春の中でも、初春と中春と晩春と区別のある季語があって、厳密に言うとその順番、つまり晩春のあとに初春が来てはいけないんです。そういう細かいことを言い始めると大変だから放っておいて結構なんですが、「花衣」は晩春で「草萌え」というのは初春だから、ここも厳しい人なら何か言うのかもしれない。けれど、僕はこういうのは大いに活性化するのでいいと思った。

ただ、この歌仙のちょっと先になりますけれども、名残の表の五句目から六句目へ飛ぶ時に、「豪勢な月見座敷の新畳《あらだたみ》」という丸谷さんの句があって、これが「月見座敷」だから仲秋、秋の真ん中ですね。それに付けた岡野さんの句が、最初は盆踊りの句が来ていたんですね。盆踊りは初秋になるので、月見のあとの盆踊りというのがどうも引っかかると思って、「ちょっと逆戻りの感じがします」ということをおそるおそる申し上げたという次第です。

岡野　そうでしたね。勉強になりました。

長谷川　それで名残の折へ入りまして、また初句が僕に回ってきて、

佐保姫が金の産毛をそよがせて　　櫂

という奇妙な句ですが、これは「野は深閑とあをき草萌え」を受けているんです。山河が青々と緑に染まっていく感じに対し、佐保姫という野の春の女神が金色の産毛というか、にこ毛を風にそよがせてさまよっているような。ちょっとヨーロッパっぽいですね。ボッティチェリの絵のような感じ、春のビーナス誕生か何かのような感じになっています。

そういう句だから、この次も大変だったと思いますが、丸谷さんの付けは、

山に御祝儀わたしたくなる　　玩

と、ありがたい山河に対して祝意を述べておられる句です。

岡野　山が出てきて、もちろんこの場合の「山」は佐保山だろうと思いましたけれども、

それを比叡山に移したわけです。

剃りあげて稚児のつむりの涼しさよ　乙

岡野　比叡山というとお稚児さんだから、夏の句がここへ一つあったほうがいいと思って、「涼しさ」で夏を演出したんです。

長谷川　稚児というのは、だいたい何歳ぐらいまでですか。

岡野　そうですね。十歳をあんまり過ぎないんじゃないでしょうか。

長谷川　じゃ、ほんとの子供、小坊主さんを想像すればいいですね。そういう青々とした涼しげな稚児さんの頭が出てきて、このまま受けていくと穴蔵に入っていきそうな感じもしたので、ここは開かなくてはいけないと思いまして、

けさ届きたる安南の壺　櫂

「安南」、ベトナムあたりの丸い壺がはるばる海を渡って、今朝、堺かどこかの港に届いたという場面に変えました。稚児の頭から壺の丸い感じに移している句です。

岡野　パッと変わりましたね、これで。

長谷川　そこから、これがまた丸谷さんの見事な展開で、

豪勢な月見座敷の新畳《あらだたみ》　玩

これは今朝届いたばかりの安南の壺のお披露目を兼ねて月見の宴を開いているところでしょうけれど、畳が取り替えたばかりで青々と芳しい香りを放っている。「豪勢」なんて言葉がスパッと入ってくるんですね。

岡野　信長あたりでしょうか。丸谷さん好みの句ですよね。

妻が病む日は山に葛掘る　乙

岡野　ここで少し気分を小さく凝縮させてと思いまして、そういう豪勢な生活を、時代が違ってはいても、かつて体験したことがある人が今は逼塞している。妻には労咳か何かそんな病気があって、葛は薬ですから、薬草を主人が掘ってやっている、というところへ持って来ました。

長谷川　この句はしみじみとした妻恋いの句ですね。

一枝の楓紅葉を手土産に　　櫂

長谷川　山に葛を掘りに行った人が帰りに一枝の紅葉を葛と一緒に奥さんに持って帰ってくるという場面です。

大統領に誰がならうと　　玩

長谷川　そこからまた丸谷さんが展開されて、ちょうどアメリカの大統領選が始まったころです。誰がなろうと楓紅葉を手土産に大統領に持って行こうという句を出されました。

岡野 これも面白い、丸谷さんらしい句ですけれど、同時に、付けにくい句です。

ふと思い出したのは、伊豆急線の電車で、黒船を真似た電車が一日に二本ぐらい走るんです。それが真っ黒でして、何か棺桶みたいな電車なんですよ。「黒船電車」とか言って宣伝しているんですけれど。それを持ってきて、

黒船をまねた電車の走る町　　乙

として、「ギョッとするような電車です」と書いてお送りしたんです。

長谷川 ええ。ファクシミリにそう書いてあったので、「ギョッと」をそのままいただきました。

ぎよつと驚く牛の白骨　　櫂

長谷川　黒船の来るころ、みんな牛を食べ始めて野原に牛の骨が放り出してあった。見てきたような嘘の句です。次が丸谷さんの句で、これもうまい句ですね。

地蔵尊焚火に遠く立ち給ふ　玩

岡野　景と情がひびきあって、いい句です。

長谷川　牛の白骨の散らばっている野原に地蔵尊。三途の渡しに立っておられるお地蔵さまの姿を出しているわけですが、「焚火に遠く立ち給ふ」という、火影にほのかに照らし出されるお地蔵さまの顔というのが実にリアルに立ち上がって来る句ですね。

岡野　何か不思議ですね、いまから考えると。丸谷さんの気持ちが澄んでいる感じです。

賽銭借りて四国旅ゆく　乙

岡野　僕のは大変俗な形で、そういうお地蔵さまの賽銭を借りて四国遍路の道を辿っている旅人なんです。

長谷川　お地蔵さまの賽銭を借りるというか、もらうというか、盗むというか、それで旅するお遍路さん……。もらっていいことになっているんでしょうか、お地蔵さまのお賽銭は。

岡野　「いただきます」というふうにすれば、あまりお地蔵さまもご機嫌を悪くなさらない。

長谷川　お遍路さんなのだから赦してくださる。

草深き家を覗けば饂飩うつ　　　　　　　　　　櫂

長谷川　四国の旅ですので、家を覗いたら饂飩を打っている。讃岐の国の田舎の風景です。これが名残の裏の最初の句です。

出世頭の叔父の好物　　　　　　　　　　玩

長谷川　「饂飩」を取り出した句ですが、自分のお父さんより弟のほうが出世していていまは羽振りがいいという、こういうちょっとした世の中のこと、人間の世界を描かれるのが……。

岡野　世話物ですよね。

長谷川　そうそう。こういった世話物の句がとてもうまかったですね。やはり小説の人だな、と思いました。

別荘の十八ホール富士に向く　乙

岡野　「出世頭の叔父」というのはよっぽど豪勢だろうと思ってこうしたんですが、初めはちょっと遠慮して半分にしていたんです。

長谷川　ええ。「別荘の富士に真向かう九ホール」でしたね。

岡野　長谷川さんが、やはり思い切って「十八ホール」にした方がいい、と。

長谷川　嘘は大きくついた方がよろしい。これも豪快な句であります。ここで大きく広がったので、次はかわいく小さくいきます。

土竜かほ出す菫たんぽぽ　　櫂

菫たんぽぽの咲いているゴルフ場に土竜がひょっこり顔を出したという句です。

岡野　生きてますよね、これ。

長谷川　そして丸谷さんの、

対岸の人なつかしき花の河　　玩

という句なんです。「対岸の人」、要するに彼岸のこと。僕はこれを見た時、非常に悲しい気分になって……。丸谷さんがもうすでに向こう岸からこの世を懐かしんでいるような句だなと思ったんです。

岡野　丸谷さんのご自宅の近くは、目黒川が流れているんです。目黒川の桜の花が終わりかけになると、まさしく花の川——花筏が川幅いっぱいに流れるんですよ。丸谷さんが元気になったら、どこか、ああいう風景の見えるところで「一杯やりましょう」と。だからそのまま、

日永たつぷり酒くみ交す　乙

と付けたんです。「軽く一杯やりましょう」と言っておられたんだけれども、たっぷり。下戸の僕が言うのもおかしいんだけれども。

長谷川　これもとてもよい句で、言ってみるとちょっと不吉な感じのある第五句日なんですけれども、それをサラッとかわして、こういうふうにおさめてあって、とてもいい挙句だなと思いました。

岡野　目黒川の向こうに小さなお寺があるんです。そばに六地蔵さんのいいのがあって、時々写真家が撮りに来るようないいお地蔵さんなんです。二つ前の丸谷さんの句も考え合

わせると、こういうことも、後で考えると不思議な感じがするなと思って。僕は、今度の桜の時に、目黒川の桜をまた、あそこを歩いて見に行こうかなと思っているんです。

長谷川　これで二〇一二年二月二日から始まって九月十九日に巻き終わったこの歌仙が終わりました。

岡野　一句一句見ていくことで、二度、楽しませていただきました。

長谷川　なんだか丸谷さんがありありと、生き生きとよみがえってくるような感じがしますね。

岡野　そうですね、本当に。

長谷川　まるでまだ生きておられるみたいな感じがする。それが文芸のいいところでしょうね。

傘寿のころ

年譜

丸谷才一

一九二五年（大正十四年）
八月二十七日、山形県鶴岡市馬場町に、父丸谷熊次郎、母千《せん》の次男として出生。父は開業医。

一九四四年（昭和十九年）一九歳
四月、旧制新潟高等学校文科に入学。

一九四五年（昭和二十年）二〇歳
三月、山形の連隊に入営。八月、敗戦を青森県で迎える。九月、新潟高等学校に復学。

一九四七年（昭和二十二年）二二歳
四月、東京大学文学部英文科に入学。

一九五〇年（昭和二十五年）二五歳
三月、東京大学文学部英文科を卒業。

一九五二年（昭和二十七年）二七歳
一月、篠田一士、中山公男などと季刊の同人雑誌「秩序」を創刊、後に、川村二郎、橋本一明、菅野昭正、清水徹、永川玲二などが加わった。第二号から第七号まで長篇小説「エホバの顔を避けて」を発表。五月、グレアム・グリーン『不良少年』（『ブライトン・ロック』）を翻訳、筑摩書房から刊行。

一九五三年（昭和二十八年）二八歳
九月、國學院大学の講師、翌年四月、助教授になった。

一九五四年（昭和二十九年）二九歳
十月、根村絢子と結婚、根村家を継ぐ。中野区宝仙寺に住む。
一九五六年（昭和三十一年）　三二歳
九月、新宿区河田町に転居。父、鶴岡市馬場町の自宅で死去。七十四歳。
一九五七年（昭和三十二年）　三三歳
九月、長男、亮が誕生。
一九六〇年（昭和三十五年）　三五歳
十月、長篇小説『エホバの顔を避けて』を河出書房新社から刊行。
一九六四年（昭和三十九年）　三九歳
八月、ジェイムズ・ジョイス『ユリシーズ』上巻を永川玲二、高松雄一との共訳で河出書房新社から刊行。下巻、十一月刊。
一九六五年（昭和四十年）　四〇歳
三月、國學院大学を退職して、四月、東京大学文学部の講師となり、ジョイスを二年にわたって講義。
一九六六年（昭和四十一年）　四一歳
七月、長篇小説『笹まくら』を河出書房新社から刊行。新仮名づかいにする。十月、評論集『梨のつぶて』を晶文社から刊行。十二月、杉並区和田へ転居。
一九六七年（昭和四十二年）　四二歳
三月、中篇小説「にぎやかな街で」を「文藝」に発表。七月、『笹まくら』によって河出文化賞を受賞。九月、短篇小説「秘密」を「文學界」に発表。
一九六八年（昭和四十三年）　四三歳
一月、短篇小説「川のない街で」を、三月、同「年の残り」を「文學界」に発表。小説集『にぎやかな街で』を文藝春秋から刊行。五月、短篇小説「思想と無思想の間」を「文藝」に、七月、短篇小説「中年」を「群像」に発表。「年の残り」によって第五十九回芥川賞を受賞。九月、短篇小説「男ざかり」を「文學界」に発表。小説集『年の残り』を文藝春秋から刊行。十月、評論「歴史という悪夢」を「文藝」に発表。

一九六九年（昭和四十四年）　四四歳
三月、ジェイムズ・ジョイス『若い芸術家の肖像』の翻訳を講談社から刊行。六月、評論「徴兵忌避者としての夏目漱石」を「展望」に発表。

一九七〇年（昭和四十五年）　四五歳
四月から二年間、「朝日新聞」書評欄に執筆。十一月、オーストラリアに旅行。

一九七二年（昭和四十七年）　四七歳
四月、評論「宮廷文化と政治と文学」を「文藝」に発表。長篇小説『たった一人の反乱』を講談社から刊行。「週刊朝日」の書評欄への執筆がはじまる。六月、短篇小説「初旅」を「文學界」に発表。九月、『たった一人の反乱』によって第八回谷崎賞を受賞。

一九七三年（昭和四十八年）　四八歳
一月、短篇小説「だらだら坂」を「文學界」に発表。「朝日新聞」の「文芸時評」を担当（翌年十二月まで）。六月、評論『後鳥羽院』を筑摩書房から刊行。九月、中篇小説『彼方へ』を河出書房新社から刊行。十二月、いわゆる「四畳半襖の下張」裁判の第三回公判に特別弁護人として出廷し、一時間半にわたって意見を陳述。

一九七四年（昭和四十九年）　四九歳
一月、『後鳥羽院』によって第二十五回読売文学賞を受賞。編著『ジェイムズ・ジョイス』を早川書房から刊行。七月、中篇小説「横しぐれ」を「群像」に発表。このときから歴史的仮名づかいに戻る。八月、『日本語のために』を新潮社から刊行。

一九七五年（昭和五十年）　五〇歳
一月、目黒区三田に転居。二月、評論「鳥の泪」を「新潮」に発表。以後王朝和歌の評釈が多い。三月、小説集『横しぐれ』を講談社から、四月、文芸時評をまとめた『雁のたより』を朝日新聞社から、十月、評論集『星めがね』を集英社から刊行。

一九七六年（昭和五十一年）　五一歳
一月、「文章読本」を「中央公論」に連載（翌年三月まで）。「四畳半襖の下張」の裁判の第十三回公判で最終弁論。四月、ジェイムズ・ジョイスの絵本『猫と悪魔』の翻訳を小学館から刊行。十月、評論「日本文学史早わかり」を「群像」に発表。十一月、編著『四畳半襖の下張裁判・全記録』（上下）を朝日新聞社から、十二月、文集『遊び時間』を大和書房から刊行。
一九七七年（昭和五十二年）　五二歳
九月、『文章読本』を中央公論社から刊行。
一九七八年（昭和五十三年）　五三歳
四月、『日本文学史早わかり』を講談社から刊行。母、鶴岡市の自宅で死去、八十五歳。
六月、芥川賞の選考委員に、八月、谷崎賞の選考委員になる。
一九七九年（昭和五十四年）　五四歳
六月、評論集『コロンブスの卵』を筑摩書房から刊行。
一九八〇年（昭和五十五年）　五五歳
二月、『遊び時間2』を大和書房から刊行。
三月、『花柳小説名作選』を編集して集英社から刊行。
一九八一年（昭和五十六年）　五六歳
六月、山本健吉、庄野英二、上田三四二、竹西寛子、井上ひさしと中国旅行。
一九八二年（昭和五十七年）　五七歳
一月、読売文学賞の選考委員になる。八月、長篇小説『裏声で歌へ君が代』を新潮社から刊行。九月から十月にかけて、イギリス、フランスに旅行。
一九八三年（昭和五十八年）　五八歳
二月、評論「男泣きについての文学論」を「群像」に発表。
一九八四年（昭和五十九年）　五九歳
四月から十月まで、東京大学文学部講師。十月、『忠臣藏とは何か』を講談社から、十一月、『遊び時間3』を大和書房から刊行。

一九八五年（昭和六十年）六〇歳

三月、評論集『みみづくの夢』を中央公論社から、六月、ジェイムズ・ジョイス作、池田満寿夫画の『ジアコモ・ジョイス』の翻訳を大型の豪華本にして集英社から刊行。七年つづけた芥川賞の選考委員を第九十三回までで辞任。十一月、『忠臣藏とは何か』で第三十八回野間文芸賞を受賞。

一九八六年（昭和六十一年）六一歳

一月、短篇小説「鈍感な青年」を「文學界」に発表。評論集『桜もさよならも日本語』を新潮社から刊行。三月、『たった一人の反乱』の英訳、デニス・キーン訳 *Singular Rebellion*（Kodansha International）を刊行。六月、ジョイス論集『6月16日の花火』を岩波書店から刊行。

一九八七年（昭和六十二年）六二歳

四月、短篇小説「樹影譚」を「群像」に発表。イギリスにて *Singular Rebellion*（Andre Deutsch）刊行。十月、大野晋との共著『日本語で一番大事なもの』を中央公論社から刊行。

一九八八年（昭和六十三年）六三歳

四月、「樹影譚」が第十五回川端賞を受賞。八月、小説集『樹影譚』を文藝春秋から刊行。

一九八九年（昭和六十四年・平成元年）六四歳

六月、色川武大の葬儀で朗読した弔辞を「別れの言葉」として「文學界」に発表。九月、大野晋との対談による『光る源氏の物語』を中央公論社から刊行。

一九九〇年（平成二年）六五歳

一月、短篇小説「墨いろの月」を「文藝春秋」に発表。七月、芥川賞選考委員に復帰。この年、デニス・キーン訳の *Rain in the Wind*（Kodansha International）イギリス版は Andre Deutsch）を刊行。これは「だらだら坂」「夢を買ひます」「樹影譚」「横しぐれ」を収める。

一九九一年（平成三年）　六六歳

六月、デニス・キーン訳の *Rain in the Wind* がイギリスの新聞インディペンデントの外国小説賞特別賞を受賞。十二月、文集『山といへば川』をマガジンハウスから刊行。この年、フランスで『たった一人の反乱』の仏訳、カトリーヌ・アンスロ訳 *Rébellions Solitaires*（Robert Laffont）を刊行。

一九九二年（平成四年）　六七歳

四月、「毎日新聞」書評欄の客員執筆者となる。

一九九三年（平成五年）　六八歳

一月、長篇小説『女ざかり』を文藝春秋から刊行。九月、イギリス、イタリアに旅行。「週刊朝日」書評欄を辞し、「毎日新聞」書評欄の常任執筆者となる。この年、フランスでオード・フィエシ訳の *L'Ombre des arbres*（Editions Philippe Picquière）を刊行。これは「樹影譚」「横しぐれ」を収める。

一九九四年（平成六年）　六九歳

七月、短篇小説「おしゃべりな幽霊」を「文學界」に発表。

一九九五年（平成七年）　七〇歳

二月、評論「恋と日本文学と本居宣長」を「群像」に発表。五月、『女ざかり』の英訳、デニス・キーン訳 *A Mature Woman*（Kodansha International）を刊行。八月、イギリスでデニス・キーン訳 *A Mature Woman*（Andre Deutsch）を刊行。八月、立風書房から『七十句』を刊行。十二月から翌年五月にかけて『丸谷才一批評集』全六巻が文藝春秋から刊行された。刊行順に記す。第三巻『芝居は忠臣藏』、第五巻『同時代の作家たち』、第二巻『源氏そして新古今』、第六巻『日本語で生きる』、第四巻『近代小説のために』、第二巻『日本文学史の試み』。十二月、山崎正和との対談類が百回に及んだのを記念して『半日の客 一夜の友』を文藝春秋から刊行。

一九九六年（平成八年） 七一歳

一月、「男もの 女もの」を「オール讀物」に連載（翌年十一月まで）。二月、評論「女の救はれ」を「群像」に発表。六月、永川玲二、高松雄一との共訳によりジェイムズ・ジョイス『ユリシーズ』Ⅰを集英社から刊行。八月、評論集『恋と女の日本文学』を講談社から刊行。十月、山崎正和との対談「日本史を読む」を「中央公論」に連載（十年一月まで）。十一月、『ユリシーズ』Ⅱを集英社から刊行。

一九九七年（平成九年） 七二歳

一月、瀬戸内寂聴との対談「恋と日本の小説」を「新潮」に発表。大岡玲との対談「物語の楽しみと人生の楽しみ」を「文學界」に発表。二月、『どこ吹く風』を講談社から、対談集『大いに盛りあがる』を立風書房から刊行。同月、藤沢周平への追悼を「弔辞 小説の名手、文章の達人」として「週刊文春」に発表。五月、渡辺淳一との対談「天下無双の性愛談義」を「オール讀物」に発表。六月、『ユリシーズ』Ⅲを集英社から刊行。岡野弘彦との対談「折口信夫、尽きない魅力」を「中央公論」に発表。八月、「英国人はなぜ皇太子を小説に書かないか」を「文藝春秋」に発表。この年、ドイツで『女ざかり』の独訳、ザビーネ・マンゴルト他訳 *Die Journalistin* (Insel Verlag) を刊行。

一九九八年（平成十年） 七三歳

一月、E・G・サイデンステッカーとの対談「志賀直哉から谷崎潤一郎への日本文学」を「文學界」に発表。三月、菅野昭正と池澤夏樹との座談会「中村真一郎についての文学的考察」を「新潮」に発表。四月、「居心地のよい病院」を「文藝春秋」に発表。『男もの女もの』を文藝春秋から刊行。五月、「思考のレッスン」を「本の話」に連載（十一年三月まで）。七月、「『坊っちゃん』と文学の伝統」を「現代」に発表。十二月、「再び『灰色の午後』のこと」を「群像」（佐多稲子追悼号）に発表。

一九九九年（平成十一年）　七四歳

一月、井上ひさし、小森陽一との座談会「石川淳――伝統と前衛の『精神の冒険』」を「すばる」に発表。五代目中村勘九郎との対談「やっぱり芝居は忠臣蔵」を「オール讀物」に発表。二月、Ａ・Ｓ・パイアットとの対談「文学のハイジャック」を「すばる」に発表。鹿島茂、三浦雅士との座談会「世紀末を生き抜くための100冊」を「現代」に発表。四月、「三四郎と東京と富士山」を「文藝春秋」に発表。五月、大岡信との「歌仙　神の留守の巻」を「すばる」に発表。六月、『新々百人一首』を新潮社から刊行。八月、大岡信との対談「詞華集と日本文学の伝統」を「新潮」に発表。九月、『思考のレッスン』を文藝春秋から刊行。十月、「『夏の砦』のことなど」を「新潮」（辻邦生追悼号）に発表。十一月、大岡信、岡野弘彦との「三吟歌仙　花の大路の巻」を「すばる」に発表。

二〇〇〇年（平成十二年）　七五歳

一月、『新々百人一首』により大佛次郎賞を受賞。井上ひさし、大野晋との座談会「『日本語練習帳』の練習帳」を「世界」に発表。鹿島茂、三浦雅士との座談会「千年紀のベスト100作品を選ぶ」を「小説現代」に連載（二月まで）。二月、「あの有名な名前のない猫」を「現代」に発表。鹿島茂との対談「20世紀衝撃の一日」を「文藝春秋」に発表。井上ひさし、三浦雅士との座談会「20世紀世界を知るための本ベスト30」を「文藝春秋」臨時増刊に発表。四月二十二日、サンケイホールで講演（演題「夏目漱石以後の日本語」）。五月、「リキとリヨク」を「オール讀物」に発表。六月、関容子との対談「こんぴら歌舞伎はタイムマシン」を「オール讀物」に発表。七月、『闊歩する漱石』を講談社から刊行。八月、「さようなら永川玲二」を「すばる」に発表。九月、大岡信、岡野弘彦との「歌仙 鞍馬天狗の巻」を「図書」に発表。十月、ドイツ、イタリアに旅行。十一月、「小股の切れあがつたいい女」を「オール讀物」に発表。

二〇〇一年（平成十三年） 七六歳

一月、「王朝和歌とモダニズム」を「文學界」に発表。二月、「花火屋の大将」を「オール讀物」に連載（翌年四月まで）。六月、『挨拶はたいへんだ』を朝日新聞社から刊行。『ロンドンで本を読む』をマガジンハウスから刊行。七月、『吉行淳之介対談集やわらかい話』を編み、和田誠との「あとがき的対談」を加え、講談社文芸文庫から刊行。八月、山崎正和との対談「近代文学は『青春』と『不機嫌』を祀った」を「文學界」に発表。十二月、菊池寛賞を受賞。「文学は言葉で作る」を「小説トリッパー」に発表。

二〇〇二年（平成十四年） 七七歳

一月、大岡信、岡野弘彦との「三吟歌仙 二度の雪の巻」を「すばる」に発表。森話社刊行の『ZEAMI 01特集＝世阿弥とその時代』に「室町のころ」を発表。二月、大岡信、岡野弘彦との「歌仙 夜釣の巻」を「図書」に発表。五月、「絵具屋の女房」を「オール讀物」に連載（翌年八月まで）。七月、『花火屋の大将』を文藝春秋から刊行。中村勘九郎との対談「新しい歌舞伎の時代がやってきた」を「東京人」に発表。八月、「危険な話題」を「本の話」に発表。九月、『丸谷才一の日本語相談』を朝日新聞社から刊行。

十月、大岡信、岡野弘彦との「三吟歌仙　こんにやくの巻」を「すばる」に発表。富山太佳夫、三浦雅士との座談会「新たな『世界文学』へ」を「図書」に発表。松岡心平との対談「『夕顔』をめぐって——源氏物語と能」を橋の会第七十三回公演『半蔀』パンフレットに発表。十一月、「あの二十冊」を「図書」に発表。

二〇〇三年（平成十五年）　七八歳

一月、大岡信、岡野弘彦との「歌仙　YS機の巻」を「図書」に発表。三月、大岡信、岡野弘彦との座談会「桜うた千年　桜　詞華集」を「文藝春秋」に発表。六月、長篇小説『輝く日の宮』を講談社から刊行。七月、「バオバブに書く」を「図書」に連載。福原義春との対談「ビジネスマンは恋を語れ」を「文藝春秋」に発表。九月、大岡信、岡野弘彦との「歌仙　ぽつねんとの巻」を「図書」に発表。瀬戸内寂聴との対談「男と女が合作する小説」を「すばる」に発表。「ゴンップ的日本語論」を、「文學界」に発表。「綾とりで天の川」を「オール讀物」に連載。十月、『絵具屋の女房』を文藝春秋から刊行。富岡多恵子、岡野弘彦との座談会「顕示と隠蔽——折口信夫の表現」を「新潮」（特集　折口信夫没後五十年）に発表。十一月、『輝く日の宮』により泉鏡花賞を受賞。國學院大学で開催された「三矢重松博士八十年祭・折口信夫博士五十年祭」で、「折口学的日本文学史の成立」を講演。十二月、木田元、三浦雅士との座談会「新しい発想と知恵　思想書を読もう」を「文藝春秋」臨時増刊に発表。サイデンステッカーとの対談「近代日本文学と青春」を「本」に発表。「横雲の空」を「三田文学」（没後五十年特集　折口信夫）に発表。

二〇〇四年（平成十六年）　七九歳

一月、大岡信、岡野弘彦との「三吟歌仙　果樹園の巻」を「すばる」に発表。同月、『輝く日の宮』に至る多年の文学的業績により朝日賞を受賞。三月、大岡信、岡野弘彦との「歌仙　大注連の巻」を「図書」に発表。四月、「袖のボタン」を「朝日新聞」に毎月連載（十九年三月まで）。山崎正和との対談「雑誌「東京人」を批評する」を「東京人」に発表。五月、「日本語があぶない　ゆとり教育は大失敗」を「文藝春秋」に発表。『ゴシップ的日本語論』を文藝春秋から刊行。東京都立立川高校での講演録「ぼくが十代のころ　読書に夢中になった二つの理由」を「週刊朝日」に発表。六月、『猫のつもりが虎』をマガジンハウスから刊行。九月、三浦雅士、鹿島茂との座談会「鼎談　未来へ残したい日本　日本美一〇〇」を「文藝春秋」臨時増刊に発表。一九七三年刊行の増補版『後鳥羽院　第二版』を筑摩書房から刊行。十一月、平成十六年度谷崎賞「選評」を「中央公論」に発表。十二月、山崎正和との対談「夏目漱石と明治の精神」を「文藝春秋」臨時増刊に発表。

二〇〇五年（平成十七年）　八〇歳

一月、尾崎真理子との対談「この著者に会いたい　丸谷才一『後鳥羽院第二版』」を「Voice」に発表。三月、井上ひさしとの対談「豊かな言語生活」を「文藝春秋」臨時増刊に発表。「双六で東海道」を「オール讀物」に連載（翌年五月まで）。大岡信、岡野弘彦との「歌仙　焰星の巻」を「図書」に発表。五月、『綾とりで天の川』を文藝春秋から刊行。六月、大岡信、岡野弘彦との「三吟歌仙　夏芝居の巻」を「すばる」に発表。八月、中村勘三郎、関容子との座談会「歌舞伎座の襲名興行全演目を観て　新しい勘三郎の時代」を「東京人」に発表。井上ひさし、鳥居民と「特別鼎談Ⅱ「昭和二十年」を語ろう」を「文藝春秋」臨時増刊に発表。同月、八〇歳の誕生日を記念し「丸谷さんの傘寿をお祝いする会」が東京で開催。九月、植村鞆音『直木三十五伝』出版記念パーティー（於東京・東京會舘）に出席。十一月、平成十七年度谷崎賞「選評」を「中央公論」に発表。三浦雅士、鹿島茂との座談会「決定版・世界文学全集を編集する」を「文藝春秋」臨時増刊に発表。対談集『おっとりと論じよう』を文藝春秋から刊行。十二月、『すばる歌仙』を集英社から刊行。

二〇〇六年（平成十八年）　八一歳

一月、「扇谷正造と斎藤明が作ったもの」を「新聞研究」に発表。三月、中井修（九段坂病院副院長）との対談「賢い患者は日本語が上手」を「文藝春秋」に発表。四月、「中村真一郎の会」設立総会（於東京・日本近代文学館）で「中村真一郎の小説をめぐって」と題して黒井千次と記念講演。六月、「月とメロン」を「オール讀物」に連載（翌年九月まで）。大岡信、岡野弘彦との「歌仙　海月の巻」を「図書」に発表。七月、「『雲のゆき来』による中村真一郎論」を「群像」に発表。九月、「随論　六日のあやめ」を「國華」に発表。前年の「決定版・世界文学全集を編集する」を加筆・再構成して『文学全集を立ちあげる』を文藝春秋から刊行。十月、「ロングインタビュー　「文学全集」と私」を「本の話」に発表。十一月、大岡信、岡野弘彦との「三吟歌仙　颱風の巻」を「すばる」に発表。『双六で東海道』を文藝春秋から刊行。同月、文化功労者として顕彰される。

二〇〇七年（平成十九年）　八二歳

一月、芥川比呂志のエッセイを編み『芥川比呂志エッセイ選　ハムレット役者』を講談社文芸文庫から刊行。三浦雅士、山崎正和との座談会「教養を失った現代人たちへ」を「中央公論」に発表。二月、吉田秀和の文化勲章受章を祝う会に出席し発起人を代表してスピーチ。四月、「乾杯記」を「文藝春秋」に発表。五月、長谷部恭男（東京大学教授）との対談「改憲論と御霊信仰」を「世界」に発表。七月、『袖のボタン』を朝日新聞社から刊行。九月、「近代といふ言葉をめぐつて」を「文學界」に発表。十月、「人形のBWH」を「オール讀物」に連載（二十一年三月まで）。十一月、サイデンステッカー氏をしのぶ会（於東京・上野）に出席。
二〇〇八年（平成二十年）　八三歳
一月、大岡信、岡野弘彦との「歌仙　まつしぐらの巻」を「図書」に発表。三月、『吉行淳之介対談集　やわらかい話2』を編み、渡辺淳一との解説対談を加え、講談社文芸文庫から刊行。大岡信、岡野弘彦との共著『歌仙の愉しみ』を岩波新書から刊行。書評集『蝶々は誰からの手紙』をマガジンハウスから刊行。五月、大岡信、岡野弘彦との「三吟歌仙　春着くらべの巻」を「すばる」に発表。『月とメロン』を文藝春秋から刊行。同月、「第五十三回　声のライブラリー」（於東京・日本近代文学館）に出席し『輝く日の宮』を自ら朗読。同月、東京・銀座のクラブ「ザボン」の三十周年記念パーティーに出席。六月、井上ひさし、大野晋との「KY」が日本語なんて　言葉をめぐる憂国の鼎談」を「文藝春秋」に発表。半藤一利との対談「戦争と艶笑の昭和史」を「オール讀物」に発表。九月、大岡信、岡野弘彦との「三吟歌仙　鮎の宿の巻」を「すばる」に発表。「大野晋さんの遺影の前で」を「文學界」に発表。十月、井上ひさしとの対談「がんばれ！　日本語」を「文藝春秋 SPECIAL」に発表。同月、世田谷文学館友の会創立十周年記念講演会「紫の色濃き時―『源氏物語』千年祭のために」（於東京・世田谷文学館）にて講演。
二〇〇九年（平成二十一年）　八四歳
一月、「むらさきの色こき時――源氏物語千年紀に」を「文學界」に発表。大岡信、岡野弘彦との「歌仙　案山子の巻」を「図書」に発表。和田誠の著作『本漫画』(毎日新聞社刊)に序文を寄稿。二月、半藤一利、山崎正和との鼎談「昭和とは何だったか」を「文藝春秋SPECIAL」に発表。四月、「人魚はア・カペラで歌ふ」を「オール讀物」に連載(二十三年九月まで)。七月、「空を飛ぶのは血筋のせいさ　ジョイス『若い藝術家の肖像』について」を「すばる」に発表。井上ひさしとの対談「大野晋への感謝」を「新潮」に発表。八月、講談社文芸文庫『里見弴短篇集　恋ごころ』に「解説」を発表。十月、新訳版『若い藝術家の肖像』を集英社から刊行。十一月、『人形のBWH』を文藝春秋から刊行。

二〇一〇年(平成二十二年)　八五歳

二月、『若い藝術家の肖像』で第六十一回読売文学賞(研究・翻訳賞)受賞。同月、胆管癌が見つかり手術、翌月末まで入院。三月、『人間的なアルファベット』を講談社から刊行。五月、湯川豊を聞き手に『文学のレッスン』を新潮社から刊行。七月、「井上ひさしさん　お別れの会」(於東京)に出席、弔辞を述べる。このときの弔辞が九月、「竹田出雲よりも黙阿弥よりも」として「新潮」に掲載。同月、『あいさつは一仕事』を朝日新聞出版から刊行。十二月、『星のあひびき』を集英社から刊行。

二〇一一年(平成二十三年)　八六歳

二月、「丸谷才一が憂う政治家の言葉」を「サンデー毎日」に発表。七月、評論集『樹液そして果実』を集英社から刊行。湯川豊を聞き手に「誰も指摘しないこと」を「青春と読書」に発表。九月、第二十四回世界建築会議(於東京国際フォーラム)でのシンポジウム「建築のセレンディピティと子供の教育を探る」にパネリストとして出演。十月、長篇小説「持ち重りする薔薇の花」を「新潮」に発表。さらに同月、単行本『持ち重りする薔薇の花』として新潮社から刊行。十一月、文化勲章受章。

二〇一二年（平成二十四年）

一月、湯川豊を聞き手に「折口、ジョイス、源氏物語」を「すばる」に発表。尾崎真理子を聞き手に「日本のビジネスマンには教養が足りない」を「Ｖｏｉｃｅ」に発表。「書店に必要なもの」を「文學界」に発表。四月、心臓手術のため入院。五月、二十二日に亡くなった吉田秀和への追悼文「われわれは彼によって創られた」を朝日新聞に発表。同月から十一月にかけて、毎日新聞の書評欄「今週の本棚」の名作選三巻を池澤夏樹との共編で毎日新聞社から刊行。刊行順に『愉快な本と立派な本』、『怖い本と楽しい本』、『分厚い本と熱い本』。七月、山形県名誉県民として顕彰される。十月十三日、心不全により死去。享年八七歳。十一月二十七日、お別れの会が帝国ホテル（東京・内幸町）で開催、場内には桐朋学園教師時代の教え子、高橋悠治のピアノ演奏が響いた。十二月、絶筆となった小説「茶色い戦争ありました　思へば遠く来たもんだ３」が「文藝春秋」に掲載。三浦雅士との最後の対談「歌仙から連詩まで――大岡信の人と思想」が「大岡信ことば館だより」に掲載。

二〇一三年（平成二十五年）

二月、最後の編纂本『丸谷才一編・花柳小説傑作選』が講談社文芸文庫より刊行。

（作成・編集部）

底本
七十句　『七十句』　一九九五年八月二七日　立風書房刊
八十八句　『八十八句』　二〇一三年一〇月一三日　文藝春秋刊（非売品）
歌仙「大河の水の巻」「大鯰の巻」「迦陵頻伽の巻」「夜といふ旅人の巻」は未発表です。
「ずたずたの心の巻」は岩波書店刊「図書」二〇一三年三月号に岡野弘彦・長谷川櫂両氏の対談とともに掲載されました。本書所収の対談は右の対談を元に新たに未発表の歌仙四巻分について語り下ろし、再構成したものです。

七十句《ななじっく》／八十八句《はちじゅうはちく》
丸《まる》谷《や》才一《さいいち》

二〇一七年一一月九日第一刷発行
二〇二一年八月二三日第二刷発行

発行者――鈴木章一
発行所――株式会社 講談社
東京都文京区音羽2・12・21 〒112-8001
電話 編集（03）5395・3513
販売（03）5395・5817
業務（03）5395・3615

デザイン――菊地信義
印刷――豊国印刷株式会社
製本――株式会社国宝社
本文データ制作――講談社デジタル製作

定価はカバーに表示してあります。

ISBN978-4-06-290365-3

講談社文芸文庫

講談社文芸文庫

原民喜	原民喜戦後全小説	関川夏央—解／島田昭男—年
東山魁夷	泉に聴く	桑原住雄—人／編集部—年
久生十蘭	湖畔｜ハムレット 久生十蘭作品集	江口雄輔—解／江口雄輔—年
日夏耿之介	ワイルド全詩（翻訳）	井村君江—解／井村君江—年
日夏耿之介	唐山感情集	南條竹則—解
日野啓三	ベトナム報道	著者—年
日野啓三	地下へ｜サイゴンの老人 ベトナム全短篇集	川村 湊—解／著者—年
日野啓三	天窓のあるガレージ	鈴村和成—解／著者—年
平出隆	葉書でドナルド・エヴァンズに	三松幸雄—解／著者—年
平沢計七	一人と千三百人｜二人の中尉 平沢計七先駆作品集	大和田 茂—解／大和田 茂—年
深沢七郎	笛吹川	町田 康—解／山本幸正—年
深沢七郎	甲州子守唄	川村 湊—解／山本幸正—年
深沢七郎	花に舞う｜日本遊民伝 深沢七郎音楽小説選	中川五郎—解／山本幸正—年
福田恆存	芥川龍之介と太宰治	浜崎洋介—解／齋藤秀昭—年
福永武彦	死の島 上・下	富岡幸一郎—解／曾根博義—年
福永武彦	幼年　その他	池上冬樹—解／曾根博義—年
藤枝静男	悲しいだけ｜欣求浄土	川西政明—解／保昌正夫—案
藤枝静男	田紳有楽｜空気頭	川西政明—解／勝又 浩—案
藤枝静男	藤枝静男随筆集	堀江敏幸—解／津久井 隆—年
藤枝静男	愛国者たち	清水良典—解／津久井 隆—年
富士川英郎	読書清遊 富士川英郎随筆選 高橋英夫編	高橋英夫—解／富士川義之—年
藤澤清造	狼の吐息｜愛憎一念 藤澤清造 負の小説集	西村賢太—解／西村賢太—年
藤田嗣治	腕一本｜巴里の横顔 藤田嗣治エッセイ選 近藤史人編	近藤史人—解／近藤史人—年
舟橋聖一	芸者小夏	松家仁之—解／久米 勲—年
古井由吉	雪の下の蟹｜男たちの円居	平出 隆—解／紅野謙介—案
古井由吉	古井由吉自選短篇集 木犀の日	大杉重男—解／著者—年
古井由吉	槿	松浦寿輝—解／著者—年
古井由吉	山躁賦	堀江敏幸—解／著者—年
古井由吉	聖耳	佐伯一麦—解／著者—年
古井由吉	仮往生伝試文	佐々木 中—解／著者—年
古井由吉	白暗淵	阿部公彦—解／著者—年
古井由吉	蜩の声	蜂飼 耳—解／著者—年
古井由吉	詩への小路 ドゥイノの悲歌	平出 隆—解／著者—年
古井由吉	野川	佐伯一麦—解／著者—年

▶解=解説 案=作家案内 人=人と作品 年=年譜を示す。 2021年7月現在

講談社文芸文庫

古井由吉 ― 東京物語考	松浦寿輝――解／著者―――年
北條民雄 ― 北條民雄 小説随筆書簡集	若松英輔――解／計盛達也――年
堀田善衞 ― 歯車|至福千年 堀田善衞作品集	川西政明――解／新見正彰――年
堀江敏幸 ― 子午線を求めて	野崎 歓――解／著者―――年
堀口大學 ― 月下の一群 (翻訳)	窪田般彌――解／柳沢通博――年
正宗白鳥 ― 何処へ|入江のほとり	千石英世――解／中島河太郎-年
正宗白鳥 ― 世界漫遊随筆抄	大嶋 仁――解／中島河太郎-年
正宗白鳥 ― 白鳥随筆 坪内祐三選	坪内祐三――解／中島河太郎-年
正宗白鳥 ― 白鳥評論 坪内祐三選	坪内祐三――解
町田 康 ― 残響 中原中也の詩によせる言葉	日和聡子――解／吉田凞生・著者-年
松浦寿輝 ― 青天有月 エセー	三浦雅士――解／著者―――年
松浦寿輝 ― 幽|花腐し	三浦雅士――解／著者―――年
松下竜一 ― 豆腐屋の四季 ある青春の記録	小嵐九八郎-解／新木安利他-年
松下竜一 ― ルイズ 父に貰いし名は	鎌田 慧――解／新木安利他-年
松下竜一 ― 底ぬけビンボー暮らし	松田哲夫――解／新木安利他-年
松田解子 ― 乳を売る|朝の霧 松田解子作品集	高橋秀晴――解／江崎 淳――年
丸谷才一 ― 忠臣藏とは何か	野口武彦――解
丸谷才一 ― 横しぐれ	池内 紀――解
丸谷才一 ― たった一人の反乱	三浦雅士――解／編集部――年
丸谷才一 ― 日本文学史早わかり	大岡 信――解／編集部――年
丸谷才一編 ― 丸谷才一編・花柳小説傑作選	杉本秀太郎-解
丸谷才一 ― 恋と日本文学と本居宣長|女の救はれ	張 競―――解／編集部――年
丸谷才一 ― 七十句|八十八句	編集部――年
丸山健二 ― 夏の流れ 丸山健二初期作品集	茂木健一郎-解／佐藤清文――年
三浦哲郎 ― 拳銃と十五の短篇	川西政明――解／勝又 浩――案
三浦哲郎　野	秋山 駿――解／栗坪良樹――案
三浦哲郎 ― おらんだ帽子	秋山 駿――解／進藤純孝――案
三木 清 ― 読書と人生	鷲田清一――解／柿谷浩一――年
三木 清 ― 三木清教養論集 大澤聡編	大澤 聡――解／柿谷浩一――年
三木 清 ― 三木清大学論集 大澤聡編	大澤 聡――解／柿谷浩一――年
三木 清 ― 三木清文芸批評集 大澤聡編	大澤 聡――解／柿谷浩一――年
三木 卓 ― 震える舌	石黒達昌――解／若杉美智子-年
三木 卓 ― K	永田和宏――解／若杉美智子-年
水上 勉 ― 才市|蓑笠の人	川村 湊――解／祖田浩一――案

講談社文芸文庫

水原秋櫻子	高濱虚子 並に周囲の作者達	秋尾 敏——解／編集部——年
道簱泰三編	昭和期デカダン短篇集	道簱泰三——解
宮本徳蔵	力士漂泊 相撲のアルケオロジー	坪内祐三——解／著者——年
三好達治	測量船	北川 透——人／安藤靖彦——年
三好達治	萩原朔太郎	杉本秀太郎-解／安藤靖彦——年
三好達治	諷詠十二月	高橋順子——解／安藤靖彦——年
村山槐多	槐多の歌へる 村山槐多詩文集 酒井忠康編	酒井忠康——解／酒井忠康——年
室生犀星	蜜のあわれ｜われはうたえどもやぶれかぶれ	久保忠夫——解／本多 浩——案
室生犀星	加賀金沢｜故郷を辞す	星野晃一——人／星野晃一——年
室生犀星	あにいもうと｜詩人の別れ	中沢けい——解／三木サニア-案
室生犀星	深夜の人｜結婚者の手記	髙瀨真理子-解／星野晃一——年
室生犀星	かげろうの日記遺文	佐々木幹郎-解／星野晃一——解
室生犀星	我が愛する詩人の伝記	鹿島 茂——解／星野晃一——年
森敦	われ逝くもののごとく	川村二郎——解／富岡幸一郎-案
森敦	意味の変容｜マンダラ紀行	森 富子——解／森 富子——年
森孝一編	文士と骨董 やきもの随筆	森 孝一——解
森茉莉	父の帽子	小島千加子-人／小島千加子-年
森茉莉	贅沢貧乏	小島千加子-人／小島千加子-年
森茉莉	薔薇くい姫｜枯葉の寝床	小島千加子-解／小島千加子-年
安岡章太郎	走れトマホーク	佐伯彰一——解／鳥居邦朗——案
安岡章太郎	ガラスの靴｜悪い仲間	加藤典洋——解／勝又 浩——案
安岡章太郎	幕が下りてから	秋山 駿——解／紅野敏郎——案
安岡章太郎	流離譚 上・下	勝又 浩——解／鳥居邦朗——年
安岡章太郎	果てもない道中記 上・下	千本健一郎-解／鳥居邦朗——年
安岡章太郎	犬をえらばば	小高 賢——解／鳥居邦朗——年
安岡章太郎	[ワイド版]月は東に	日野啓三——解／栗坪良樹——案
安岡章太郎	僕の昭和史	加藤典洋——解／鳥居邦朗——年
安原喜弘	中原中也の手紙	秋山 駿——解／安原喜秀——年
矢田津世子	[ワイド版]神楽坂｜茶粥の記 矢田津世子作品集	川村 湊——解／高橋秀晴——年
柳宗悦	木喰上人	岡本勝人——解／水尾比呂志他-年
山川方夫	[ワイド版]愛のごとく	坂上 弘——解／坂上 弘——年
山川方夫	春の華客｜旅恋い 山川方夫名作選	川本三郎——解／坂上 弘-案・年
山城むつみ	文学のプログラム	著者——年
山城むつみ	ドストエフスキー	著者——年

吉本隆明 ── 写生の物語	田中和生──解／高橋忠義──年
吉本隆明 ── 追悼私記 完全版	高橋源一郎-解
吉屋信子 ── 自伝的女流文壇史	与那覇恵子-解／武藤康史──年
吉行淳之介-暗室	川村二郎──解／青山 毅───案
吉行淳之介-星と月は天の穴	川村二郎──解／荻久保泰幸-案
吉行淳之介-やわらかい話 吉行淳之介対談集 丸谷才一編	久米 勲──年
吉行淳之介-やわらかい話2 吉行淳之介対談集 丸谷才一編	久米 勲──年
吉行淳之介-街角の煙草屋までの旅 吉行淳之介エッセイ選	久米 勲───解／久米 勲───年
吉行淳之介編-酔っぱらい読本	徳島高義──解
吉行淳之介編-続・酔っぱらい読本	坪内祐三──解
吉行淳之介-[ワイド版]私の文学放浪	長部日出雄-解／久米 勲──年
吉行淳之介-わが文学生活	徳島高義──解／久米 勲──年
李恢成 ─── サハリンへの旅	小笠原 克─解／紅野謙介──案
和田芳恵 ── ひとつの文壇史	久米 勲───解／保昌正夫──年
渡辺一夫 ── ヒューマニズム考 人間であること	野崎 歓───解／布袋敏博──年